絶えることなき
氷点下の冷気が支配する世界。
13年前。
すべてを凍てつかせるあの海で
幼い宗介は
アンドレイ・カリーニンと出会った。
フルメタル・パニック! ―サイドアームズ2―
極北からの声

動きを止めたASの影から『彼』が出てきた。
『ぼくがまもる』と言っていたぬいぐるみを、彼はもう持っていなかった。
かわりに抱いていたのはまだ熱の残る弾切れの銃——。

「ボーダ提督から
了解はとってあります。
この子がものになるまで
この島に居座りますから」
テレサはそう宣言した。

フルメタル・パニック！―サイドアームズ２―

極北からの声

1240

賀東招二

富士見ファンタジア文庫

92-18

口絵・本文イラスト　四季童子

目次

極北《きょくほく》からの声

おまえは神を信じるか？

そう問われたとしたら、この私――アンドレイ・S・カリーニンはこう答えるしかない。

『かつては信じず、やがて信じるようになり、そしてまた信じなくなった』

無神論者《むしんろんしゃ》の社会で教育を受けて育ち、それでも愛することのいくばくかを学び、それらすべてを奪《うば》われた。私はそういう男だ。

おまえは運命を信じるか？

そう問われたとしたら、私の答えは正逆《せいぎゃく》になる。

『かつては信じ、やがて抗《あらが》うようになり、そしてまた信じるようになった』

神も運命も、つきつめてしまえばよく似《に》た概念《がいねん》だ。ほとんど等価《とうか》といってもいい。そうした概念について、まったく逆の立場を取ってきた私は矛盾《むじゅん》しているだろうか？　そうとばかりも思えない。矛盾こそがこの世界について回る圧倒的《あっとうてき》な真理《しんり》であり、人間を人間たらしてめている要素《ようそ》の一つなのだから。

部下たちは私を『慎重な楽観主義者《コーシャス・オプチミスト》』だとみなしている。テスタロッサ大佐《たいさ》やマデューカス中佐《ちゅうさ》と同じ人種――リーダーに必要欠くべからざる資質《ししつ》の持ち主だと考えている。いかなる過酷《かこく》な状況《じょうきょう》であろうと、決して悲観《ひかん》の誘惑《ゆうわく》に負けず、また希望的観測《かんそく》も抱《いだ》かず、するべきことを黙々《もくもく》とこなす人々。マハトマ・ガンジーやネルソン・マンデラ、ダライ・ラマやマザー・テレサ。彼らはみな『慎重な楽観主義者』だ。自身を偉大《いだい》な人間だとはもちろん思っていないが、私もそういう人間の一人だったはずだ。

だが違《ちが》う。そうではないのだ。

本来の私、いま現在の私は、すでに運命に敗北《はいぼく》している。すさまじい川の激流《げきりゅう》に力尽《つ》き、かろうじて岸から突《つ》き出した枯《か》れ枝《えだ》の類《たぐい》に引っかかっているだけの男にすぎない。

運命——

人智《じんち》を超《こ》えて荒《あ》れ狂《くる》い、すべてを押《お》し流すこの傲慢《ごうまん》な意思《いし》。あるいは完全なる反意思。あの少年も漠然《ばくぜん》とそれに気づき、抗うことを始めている。

彼と私との関係にも、偶然《ぐうぜん》以上のなにかが潜《ひそ》んでいるはずだ。それを感じているのは、おそらく私だけだろうが……。

●

私が彼と最初に出会ったのは、凍《い》てつく大地のさらに北、絶《た》えることなき氷点下《ひょうてんか》の冷気が支配する、大海のただ中だった。

北極海《ほっきょくかい》の海中。

およそ一三年ほど前のことだ。

アメリカ合衆国《がっしゅうこく》とソビエト連邦《れんぽう》の関係が再燃《さいねん》――あるいは冷却《れいきゃく》していた時代だった。数千発の戦略核《せんりゃくかく》が全人類を焼《や》き尽くす危険が、七〇年代に比《くら》べ一層《いっそう》高まっていた。世界のすべてが、東西両陣営《じんえい》の静かな戦場になっていた。そしてそれは、だれも住まぬ海とて例外ではない。いや、それどころか、そこはしばしば最前線にすらなった。

冷たい戦争の冷たい舞台《ぶたい》。だれにも見えない戦い。

当事者《とうじしゃ》たちですら、その戦いを実際《じっさい》に目で見ることはかなわない戦場。私はたまたま、その場に居合《いあ》わせた。

『K―244』。

それが私の乗り合わせていた艦《ふね》の名だ。

『671RTM計画艦《かん》』、あるいは『シュカ型原子力《げんしりょく》水中巡洋艦《じゅんようかん》』。西側諸国《しょこく》からは『ヴィクターⅢ級』とも呼ばれていた。

その艦はちょうど、アメリカでいうところの『攻撃型原潜《こうげきがたげんせん》』と似た役割を担《にな》っていた。アメリカ本土を攻撃する核ミサイルこそ搭載《とうさい》していなかったが、そうした攻撃任務《にんむ》を持つ戦略ミサイル原潜を護衛《ごえい》し、また敵艦を監視《かんし》・追尾《ついび》し、必要とあらば的確《てきかく》な打撃力《だげきりょく》で敵艦を攻撃・無力化《むりょくか》するための艦だった。

『K―244』はきわめて静粛《せいしゅく》で速力も高く、索敵性能《さくてきせいのう》にも優《すぐ》れた新鋭艦《しんえいかん》であったため、しばしば特殊《とくしゅ》な任務を与えられることがあった。北極海を横切り、北米大陸の沿岸部《えんがんぶ》に接近――そこで様々《さまざま》な情報収集《しゅうしゅう》にあたるのだ。

危険は大きいが、地味《じみ》な仕事だ。

潜航《せんこう》したままアンテナを海上に突き出し、通信情報《コミント》や電子情報《シギント》をかき集める。アメリカ軍が日常《にちじょう》で使用する電子環境《かんきょう》の痕跡《こんせき》を分析《ぶんせき》し、それがペンタゴン（米国防総省《べいこくぼうそうしょう》）やNSA（米国家安全保障局《ほしょうきょく》）に潜入しているソビエトのスパイのもたらした情報と、合致《がっち》しているかどうかの手がかりにする。そうした任務は現在もなお日常的に行われていることだろう。

任務は数日で終わることもあれば、数か月の長期《ちょうき》に及《およ》ぶこともある。

西側の通信機材《きざい》について詳《くわ》しく、またいくつかの西側諸国の言語にも堪能《たんのう》だった私は、こうした潜水艦《せんすいかん》の情報収集任務に同行《どうこう》させられる機会《きかい》がたびたびあった。

K―244は、新鋭とはいえごく普通《ふつう》の艦だ。〈トゥアハー・デ・ダナン〉のような、超《ちょう》AIに制御《せいぎょ》され、ほとんど無音《むおん》のまま五〇ノットの速力を出せるスーパー潜水艦ではなかった。米軍が制海権《せいかいけん》を握《にぎ》る海中では、わずか一〇マイルを移動《いどう》するだけでも面倒《めんどう》な警《けい》戒《かい》と面倒な機動《マニユーバー》が必要であり、情報収集用のアンテナの向きを変えるためだけに、半日以上の時間を要することもめずらしくはなかった。

陸軍《りくぐん》出身で特殊部隊《スペツナズ》の下士官《かしかん》だった私にとって、氷点下の海中に潜《ひそ》む直径十数メートルの鋼鉄《こうてつ》の筒《つつ》に、何週間も閉じ込められるのは決して愉快《ゆかい》な仕事ではなかった。

昼夜の区別も定かではない艦内で寝起《ねお》きし、三〇分おきに情報収集用の機材が集めた記録を整理し、退屈《たいくつ》な政治士官と党《とう》のテーゼについて実りのない議論《ぎろん》を交《か》わす。陸《おか》ものの下士官であった私に上等な個室が与《あた》えられることなど、もちろんない。狭苦《せまくる》しいベッドの二段目だけが、わたしのプライベートな空間だ。

そうした毎日が続くのである。

私の数少ない楽しみは、帰還後《きかんご》に渡《わた》すつもりの妻《つま》への手紙を書くことと、ウィリアム・ブレイクの詩集をひそかに読むことくらいだった。もっとも、妻への手紙は検閲《けんえつ》を受けていたし、ブレイクの詩集――英国人だ――は所持《しよじ》そのものがちょっとした背任行為《はいにんこうい》だったのだが。

楽しみはもうひとつあった。

K―244の艦長、セルゲイ・ハバロフ中佐《ちゆうさ》との会話だ。ハバロフ艦長は当時で四〇なかば、気さくな大食漢《たいしよくかん》だった。

私の父称《ふしょう》『セルゲーイヴィチ』が示《しめ》すとおり、私の父親もまたセルゲイという名だ。さらに同郷《どうきょう》のレニングラード出身《しゅっしん》ということもあってか、彼とは乗艦《じょうかん》初日から話があった。彼の一人息子《むすこ》はアフガニスタンに出征《しゅっせい》しているそうで、半年前までそこで戦っていた私から、現地の状況《じょうきょう》をよく聞きたがった。私は答えられる範囲《はんい》で、艦長にアフガンの状況を教えてやっていた。

ハバロフ艦長はしばしば私を食事に呼び出し、様々な経験《けいけん》を語って聞かせてくれた。陸軍出身の私にとっては皮肉《ひにく》なことなのだが、いまの将校《しょうこう》としての私の気構《きがま》えは、海軍の彼から学んだ面がある。

あの日のあのときも、私はハバロフ艦長と昼食を共にさせてもらっていた。

話題さえ覚えている。

他愛《たあい》もない、最後のロシア皇帝ニコライ二世にまつわる伝説――彼が残した黄金のよた話だ。革命《かくめい》直後の混乱《こんらん》の時代だったせいか、ニコライ二世には様々な謎《なぞ》や真偽《しんぎ》も定かではない伝説が色々ある。史実《しじつ》ではニコライは家族と一緒《いっしょ》に新政府に処刑《しょけい》されたのだが、実は彼の美しい娘《むすめ》が一人生き延《の》びていて、ドイツだかフランスだかアメリカだかに渡って波乱《はらん》の生涯《しょうがい》を送った……だのといった種類のものだ。

黄金の話はそうした伝説のひとつで、ニコライは処刑される直前、忠実《ちゅうじつ》だった近衛《このえ》兵《へい》に、莫大《ばくだい》な資産《しさん》の隠し場所を託《たく》したのだという。

（本当だ、同志。よくある話だと思うだろうが、これはかなり信憑性《しんぴょうせい》が高いんだぞ）

と、ハバロフ艦長はごく真面目《まじめ》な顔で私に言った。私ははなから信じてなどいなかったが、『では、その黄金はどこに隠されていたのです？』と彼にたずねた。

さて、その隠し資産はいったいどこに隠されていたのか――

ハバロフ艦長の話が佳境《かきょう》に差《さ》し掛《か》かったところで、水兵がやってきて会話をさえぎってしまった。だから私はいまだに、その黄金の隠し場所を知らずじまいでいる。それから先、私と艦長は突然《とつぜん》の事態《じたい》に振《ふ》り回され、くつろいで話す時間などまったく与えられなかったのだ。

水兵はささやき声のつもりで艦長に告げたのだろうが、私にはそれがよく聞こえた。

（ソナー室から報告《ほうこく》です。北東一〇キロの氷上に、大型の旅客機《りょかっき》らしきものが不時着《ふじちゃく》した模様《もよう》だと――）

よく覚えている。

水兵は確かにそう告げていた。

あとで知ったことだが、正確には北北東、方位〇三二、距離《きょり》はおよそ一一キロだった。

その旅客機が墜落《ついらく》した原因については、だれも知らない。あの空域《くういき》の通信をすべて把握《はあく》できる立場にあった私でさえ、推測《すいそく》するよりほかにない。

その旅客機――MUS113便はボーング747型機で、日本最大の航空《こうくう》会社、ムサシ航空のものだった。東京国際空港からアンカレジに向かい、そこからロンドンに向かう路線の便《びん》だ。まだ当時の国際線旅客機は、無給油《むきゅうゆ》で極東《きょくとう》から欧州《おうしゅう》まで飛行できないものの方が多かった。

あのとき、北極海の海上は確かに悪天候《あくてんこう》だった。だがはるか一万二〇〇〇メートルの国際便高度に、深刻《しんこく》な影響《えいきょう》があったとも思えない。当時の西側のマスコミは整備《せいび》不良《ふりょう》や機長の精神疾患《せいしんしっかん》を取りざたしていた。それが直接的な理由だったのかどうかも、航空事故の専《せん》門家《もんか》ではない私にはコメントできない。

私が知っている通信記録のみからいえば、あのMUS113便は順調に飛行していたはずなのだ。そして、異変《いへん》が起きた。突如《とつじょ》、第三エンジンが火を噴《ふ》き、左の主翼《しゅよく》の半分が脱《だっ》落《らく》した。安全性を徹底《てってい》したB747型機はそれでも飛び続けることができる設計だったが、さらなる不運が重なった。左側の水平尾翼《びよく》が機能を失ったのだ。

その理由はわからない。吹《ふ》き飛んだ主翼の破片《はへん》が尾翼のどこかにぶつかったのか、それとも油圧《ゆあつけい》系に目を覆《おお》わんばかりの損傷《そんしょう》を与えたのか。

冷静たろうと努め、必死《ひっし》に上ずるのどを抑《おさ》える113便の機長の声を、私はK—244の無線記録《むせんきろく》越しに直接聞いた。

機長の名前はホリタと言った。

ホリタはその事故で還《かえ》らぬ人となったし、無責任《むせきにん》な日本のマスコミから事故の主犯のように扱《あつか》われたが、彼の事故直後《ちょくご》の操縦《そうじゅう》はまさしく英雄的《えいゆうてき》なものだった。本来ならば空中分解を起こしていてもおかしくなかった機を、ほとんど操縦不能《ふのう》な状態から、どうにか『不時着』とよべる程度《ていど》まで立て直すことに成功したのだから。

だが残念ながら、悪天候の中で彼の機が発した通信を傍受《ぼうじゅ》できたのは、全世界でK—244だけだった（そしてさらに惜《お》しむべきことに、その記録はクレムリンの決定により永久に機密《きみつ》扱いとされてしまった）。後述《こうじゅつ》する事情《じじょう》でブラックボックスは回収《かいしゅう》できなかったため、正確な原因は永遠にだれも知ることなく終わることだろう。それこそハバロフ艦長が話しかけで止めてしまった、ニコライ二世の隠し財産《ざいさん》のありかと同じように。歴史の謎《なぞ》としてどこかに消えてしまったのだ。

事故当時の話をつづけよう。

私とベテランのソナー員は、互《たが》いの情報をつき合わせてから、113便がまだ北極海の氷上にとどまっていると結論《けつろん》した。不時着は激《はげ》しいものだったが、大きな爆発《ばくはつ》は記録されていなかったし、機が氷を突き破って海中に没《ぼっ》した音響も観測《かんそく》されていなかった。それどころか、その機内にはまだ生存者が残っている可能性《かのうせい》さえあった。

北極海の中でも、問題の地点の氷はあまり厚《あつ》くない。放置《ほうち》しておけば機が海中に没《ぼっ》する危険もあったし、それ以前に海上の悪天候——氷点下の嵐《あらし》だ——が、傷つき、取り残されているかもしれない人々に残酷《ざんこく》なとどめを刺《さ》すことは容易《ようい》に想像できた。

アメリカかカナダの救出隊が現地に向かっているはずだったが、彼らが到着《とうちゃく》する目途《めど》はまったくたっていなかった。そもそもあの時点では、旅客機が墜落したのかどうかも、その地点がどこなのかも西側諸国は把握していなかったはずだ。

艦の先任《せんにん》士官たちは、救出に向かおうと主張《しゅちょう》した。たとえ生存者がいなかったとしても、集められるだけの情報は集めるべきだとも。

ただ一人の政治士官は——彼の仕事なのだから責めるのは筋違《すじちが》いだろうが——もちろん反対した。K—244は極秘《ごくひ》の情報収集任務中であり、この海域《かいいき》に存在《そんざい》しないものとして扱われているのだ。北海艦隊司令部《かんたいしれいぶ》に伺《うかが》いを立てるために、通信を行うことさえ命令では禁《きん》じられていた。

だが、あの不時着した113便の周囲数十キロにいる人類は、われわれK—244のクルーしかいなかった。

五分あまりの議論《ぎろん》の末《すえ》、ハバロフ艦長はクルーにこう告げた。

前進原速。面舵《おもかじ》。針路《しんろ》030。

艦長は司令部からの命令を無視《むし》して、救出を選んだのだ。それが彼のキャリアに、どれほど深い傷をつけるか——それを知った上での決断《けつだん》だった。

問題の海域にK—244が到着したのは、およそ九〇分後のことだった。

ハバロフ艦長はまず艦を氷の下ぎりぎりまで浮上《ふじょう》させ、潜望鏡《せんぼうきょう》をあげた。発令所《はつれいじょ》の隅《すみ》で黙《だま》っていた私を、艦長が手招《てまね》きした。

(曹長《そうちょう》。見てくれ)

そう言って艦長は、私に潜望鏡をのぞくようにうながした。私が呼ばれた理由は明らかだ。この艦の中で、アフガン帰りの私がいちばん『墜落した航空機』を目撃《もくげき》した経験が多いからだった。

潜水艦の潜望鏡をのぞくのは初めての経験だったが、それを楽しむわけにもいかなかった。私が見た氷上の風景は、暗い鉛色《なまり》の空と吹きつける雪の嵐、そしてその奥《おく》にぼんやりと浮《う》かび上がるなにかの黒い塊《かたまり》だった。時間は昼のはずだったが、ほとんど真っ暗だ。潜望鏡の操作《そうさ》もよくわからなかったので、私は艦長にたずねた。

(倍率《ばいりつ》は?)

(そのスイッチだ)

艦長の指に導《みちび》かれるまま、私は潜望鏡の倍率を切り替《か》えた。

はげしい嵐でひどく不鮮明《ふせんめい》ではあったが、黒い塊は確かに旅客機だった。ボーイング社のB747型機だ。火災《かさい》はないようだった。かろうじて読み取れる機体の表面には、『MUSASI AIR LINE』の文字が見てとれた。

113便の胴体《どうたい》は、主翼《しゆよく》の後ろのあたりで真っ二つに折れていた。前半分は右舷側《うげんがわ》に傾《かたむ》いた形で氷に半《なか》ば埋《う》もれており、後ろ半分はそこから目測《もくそく》で四〇〇メートルほど離《はな》れた位置に横たわっていた。脱落したエンジンや破片の数々が、その周辺に撒《ま》き散らされているようだった。

(想像以上のようだな)

と、暗い声で艦長が言った。

(ええ。ですが大きな火災はなかったようです)

(生存者はいると思うか?)

折れた機体の前半分は、一部が原型をとどめないほどにつぶれており、悲観的《ひかんてき》な感想しか出てこなかった。しかし後ろ半分はまだ見込みがあるかもしれない。尾翼《びよく》がなくなっているほかは、損傷は比較的《ひかくてき》に軽いように見えたし、いちばん大事《だいじ》な客室部分も残っている。多くの航空事故で、生存者が多いのはやはり機体後部だ。不時着や墜落《ついらく》の衝撃《しょうげき》がもっとも弱くなる部分なので、それだけ乗客の助かる可能性《かのうせい》も高くなる。

アフガンでもそうだった。アメリカ製のスティンガー・ミサイルを使う現地のゲリラに撃墜されたソ連軍のヘリや輸送機《ゆそうき》は、機首《きしゅ》部分のパイロットが助かるケースは稀《まれ》だったが、後部の人員は辛《かろ》うじて生きている場合がたびたびあった。——もっとも、生き延《の》びた乗員はその後ゲリラに捕《と》らえられ、さらに過酷《かこく》な最期《さいご》を迎《むか》えることも多かったのだが。

いずれにしても、生存者はまだいるかもしれない。

私は潜望鏡を離れてから、思ったままのことを艦長に告げた。

(わかった)

ハバロフ艦長は潜望鏡を下げてから、しばし黙考《もっこう》したあと、艦を旅客機の後ろ半分へ接近させ、氷を破《やぶ》って浮上するようクルーに命じた。

(まず後部を捜索《そうさく》する)

帽子《ぼうし》をとって頭頂部《とうちょうぶ》を撫《な》で付けながら、艦長は言った。

(おそらく、中はひどいことになっているだろう。死体の類《たぐい》に慣《な》れている男が必要だ。行ってくれるか？)

（はい）

私は即答《そくとう》した。

（まず四人で向かわせる。危険なようならすぐに戻《もど》れ）

（人選《じんせん》は）

（君が選べ。腕《うで》っ節《ぷし》の強い水兵を二人、経験豊富《ほうふ》な下士官を一人だ）

（わかりました）

私はすぐに発令所を後にした。

数週間の艦内生活で、主要《しゆよう》なクルーの能力や経験はおおよそ把握《はあく》していたので、人選に時間はかからなかった。

まず機関部《きかんぶ》のオスキン曹長を連れて行くことにした。オスキンはスヴェルドロフスクの炭鉱夫《たんこうふ》の家の出身で、登山の経験も豊富だったし、頭がよくて観察力《かんさつりよく》もある。彼と相談して残り二人の水兵を選び、手早く装備《そうび》を調《ととの》えると、私たちは浮上したK－２４４から外に出ていった。

完全な防寒具《ぼうかんぐ》をつけて狭《せま》いハッチを抜《ぬ》け、ゴムボートを三人がかりで引《ひ》っ張《ぱ》り出すのは骨の折れる作業だった。

外の吹雪《ふぶき》はひどい状態《じょうたい》で、フードとゴーグルの隙間《すきま》から刺《さ》すような冷気が侵入《しんにゅう》してくる。こんな天候下《てんこうか》で二時間以上も放置《ほうち》されれば、たとえ無傷《むきず》の人間でも生き延びるのは難《むずか》しいだろう。

苦労してK―244から氷上に移動《いどう》し、我々《われわれ》は徒歩《とほ》で不時着機の後部へと向かった。足場は悪く、最後尾を歩くオスキンの姿《すがた》は吹雪の中ではっきりと見えなかった。潜望鏡で観察したときよりも、天候が悪化してきているのだ。

同じことを感じたのか、水兵の一人が不安を口にした。彼は遠回しに『引き返した方がいいのでは』と私に告げたが、オスキンが『馬鹿《ばか》を言うな。前へ急げ』と言って水兵の背中をたたいていた。

近づいてみると、113便の状況《じょうきょう》は予想よりもひどいことが分かってきた。機体後部の向こう側は外壁《がいへき》が破《やぶ》れており、客室部分にも寒風が吹《ふ》き抜けていた。不意《ふい》に後ろの水兵がなにか固いものにつまずき、転びかけた。彼は悪態をつこうとして、小さな悲鳴《ひめい》をあげた。

彼がつまずいたのは、氷づけになった人間の下半身だった。

航空事故の死体のひどさについて、詳《くわ》しく言及《げんきゅう》する必要はないだろう。時速数百キロの衝突《しょうとつ》は、もろくはかない人体を容赦《ようしゃ》なく破壊《はかい》する。いかなる感傷も、その無慈悲《むじひ》な破壊の前には成り立たない。私も新兵のころ、同じような——いや、もっとひどい死体を見て強い衝撃を受けた。もちろん吐《は》いたし、それから何年も悪夢にうなされた。

軽いパニックになった水兵を落ち着かせるのには少々時間がかかった。平手《ひらて》打《う》ちを入れて怒鳴《どな》りつけ、ようやく彼は私とオスキンの言葉を聞くようになった。それから我々は機体の周囲を観察して回り、機体が輪切《わぎ》りのようになった破断《はだん》部分から、ザイルを使って客室部分に入っていった。

客室内はまさしく地獄《じごく》だった。

機体の前部に近い方の席には、損傷のひどい死体が多かった。この氷点下で氷づけになっていたため、ほとんど臭《にお》いがないことがせめてもの救いだった。それでも水兵の一人は我慢《がまん》できなかった様子で、マスクをはずしてその場で何度も吐いていた。その吐瀉物《としゃぶつ》さえ、床《ゆか》の上でみるみる凍《こお》っていった。

機体の最後尾付近はまだましな状況で、それぞれの席には、眠《ねむ》るような姿勢《しせい》で動かなくなった乗客たちがいた。

(やはり、だめだったな)

暗い声でオスキンが言った。

(生存者はいない。機の前半分の捜索に行くか？)

できれば私は成果《せいか》が欲《ほ》しかった。生存者か、あるいは機のボイスレコーダー。それさえ確保《かくほ》できれば、北海艦隊司令部《かんたいしれいぶ》の命令に背《そむ》いて艦を浮上《ふじょう》させたハバロフ艦長を助けることにもつながる。人道的《じんどうてき》な理由を差し引いても、祖国《そこく》が西側政府に対して政治的な貸《か》しを作る材料になるからだ。

だが懐中電灯《かいちゅうでんとう》で照《て》らされた客室は、風の音だけが響《ひび》く死の世界だった。

いや。

その死の世界に、私は生命の痕跡《こんせき》を見つけた。客室の後部、右舷側《うげんがわ》のあたりに、まとまった空席があることに気付いたのだ。空席は三人分だった。調べてみると、機内雑誌《ざっし》がなくなっている。二つの席は背もたれが倒《たお》してあり、そして一つの席には、わずかな血の痕跡が残っていた。

何人かが、不時着後に席から移動したのかもしれない。

われわれは客室をさらにくまなく探し回り、風に負けない声で『だれかいないか』と叫《さけ》び続けた。返事はない。それでもあきらめずに、客室の下の貨物室を捜索した。貨物室はすさまじい落下の衝撃でゆがんでおり、着ぶくれしたわれわれが入っていくには狭すぎたが、手斧《ておの》や油圧式《ゆあつしき》ラムを使って、どうにか通り抜けることができた。

(同志《どうし》。ここは……)

(ああ。風が弱い)

つぶれたコンテナで敷《し》き詰《つ》められたその区画《くかく》は、外の暴風《ぼうふう》から隔絶《かくぜつ》されていた。それでも冷凍庫《れいとうこ》のような環境《かんきょう》であることに変わりはなかったが、体感温度は二〇度近くはましになっているだろう。

その貨物室の奥《おく》に、彼らがいた。

成人男性と成人女性。それから子供だ。その三人はかき集められる限りの毛布《もうふ》や衣類《いるい》を巻き付けて、ひとかたまりになっていた。

男性はすでにこときれていた。腹部《ふくぶ》に重傷を負っており、かなりの量の出血もあったようだ。二〇代の東洋人。死因はおそらく、出血と低体温症《しょう》。たぶん彼は怪我《けが》をおして残りの二人を連れ、寒さをしのげるこの貨物室へと移動したのだろう。

やはり東洋人の女性と子供はまだ息があった。死んだ男の妻《つま》と子供だったのか、たまたま同席しただけの相手だったのかは分からない。ただ、その女性と子供は死んだ男にかばわれるようにして、貨物室の隅《すみ》にうずくまっていた。

女の方もまだ若く、二〇代に見えた。

後から思えば、彼女は母親だったのだろう。冷たくなった男の下で、さらに子供を守るようにして丸まっていた。長い黒髪《くろかみ》で、美しい女性だった。私が英語で『大丈夫《だいじょうぶ》か』とたずねたとき、彼女はひとこと、『子供を助けて』と答えた。そのアクセントから、私は彼女も日本人なのだと判断《はんだん》し、さらに日本語でこう言った。

(ええ。助けに来ました)

特殊部隊《スペツナズ》に入ったころから、私は複数《ふくすう》の言語をGRU(参謀《さんぼう》本部情報総局)で学んでいた。

日本語もその一つだ。

七〇年代、東京のソ連大使館《たいしかん》に一年ほど勤務《きんむ》した経験もあったし、いくつかの非合法《ひごうほう》活動に従事《じゅうじ》したこともあった。自由自在に日本語を使いこなすKGBのエージェントに言わせれば、私の日本語の発音はほとんどネイティブに近い完璧《かんぺき》さだったが、語彙《ごい》は硬《かた》く、まるで肩肘《かたひじ》をはった兵隊のようだったらしい。

あのとき発した私の言葉を、より正確に再現するなら、むしろこうだった。

(肯定《こうてい》だ。助けにきた)

そんな言葉遣《づか》いだったとはいえ、彼女は安堵《あんど》のため息をもらした。極寒《ごっかん》の中で弱り切った子供を差し出し、もう一度『子供を助けてください』と日本語で言った。

その子供は四～五歳《さい》ぐらいだった。最初は女の子かと思ったが、実際には男の子だった。山高帽《やまたかぼう》をかぶった太っちょのねずみのようなぬいぐるみを抱《だ》いていて、不安げに私とオス

キンを見つめていた。

(大丈夫だよ、坊《ぼう》や。おじさんと一緒《いっしょ》に暖《あたた》かいところに行こう)

オスキンがロシア語でそう告げて、その子供を毛布にくるんだまま抱《かか》え上げた。母親から引き離《はな》されることにおびえた子供が、いきなり泣き出し、オスキンの腕《うで》の中でじたばたともがいた。

(オカアサン)

子供は日本語で叫《さけ》んでいた。

母親の方は——あの時点で相当《そうとう》に衰弱《すいじゃく》していたにもかかわらず、貨物室内によく通る声で、我《わ》が子へとこう告げた。

(ナカナイデ。イキナサイ)

日本語は難《むずか》しいが、時として予想もつかない奥深さを垣間《かいま》見せてくれる。このときがそうだった。彼女の言葉が『行きなさい』だったのか、それとも『生きなさい』だったのか。私にはわからなかった。おそらく、両方だったのだろう。

そしてその直後に、あの音がしたのだ。

はじめはごく小さな、炭酸飲料《たんさんいんりょう》のはじけるような音だった。異常《いじょう》な環境に置かれたせいで、自分の耳がありもしない音を聞いたのかと疑ったくらいのかすかなものにすぎない。だが、やがてそれが大きく、広くなっていき、いつのまにかコンサートホールに響《ひび》き渡《わた》る拍手《はくしゅ》のようになっていた。

氷の割《わ》れる音だ。機が沈《しず》みかけている。

この氷点下の嵐《あらし》の中でさえ、氷が墜落機《ついらくき》の重さに耐《た》えきれなくなったのだ。もはや一刻《いっこく》の猶予《ゆうよ》も許されなかった。

大人一人でさえ通るのに難儀《なんぎ》した貨物室を、負傷者を連れて戻《もど》るのはさらに苦労した。じわじわと傾《かたむ》きはじめた貨物室から、ザイルを使って三人がかりで母親を引っ張り出し、子供を抱えたオスキンが這《は》い出したときには、拍手のような音はより大きな轟音《ごうおん》へと近づいていた。

天井《てんじょう》がゆがみ、引き裂《さ》かれ、機体が氷点下の海へと沈みはじめた。たくさんのボルトがはじける異音《いおん》が響く。我々《われわれ》はよろめき、ころげ、這うようにしながら墜落機の中から脱出《だっしゅつ》した。

ぐらぐらと揺《ゆ》れる氷の上に飛び降りた後も安心はできなかった。もたもたしていれば、我々を乗せた氷も粉々《こなごな》に砕《くだ》けて、機体もろとも冷たい海の中に引きずり込まれてしまうことだろう。

私の懸念《けねん》は現実のものになった。

子供を抱えたオスキンを先に行かせてから、私は水兵一人と母親を支《ささ》え、氷の割れ目を飛び越《こ》えようとした。そのとき、我々の足場が大きく傾き、真っ二つに割れたのだ。ぞっとするような悪魔《あくま》の悲鳴《ひめい》。背後の墜落機が闇《やみ》の中へとひきずりこまれていく音が響いていた。

私は辛《かろ》うじてピッケルを氷に突《つ》き立て、真っ黒な割《わ》れ目の奥へと落ちないで済んだ。

だが、水兵と母親は違った。

二人は氷の割れ目へと滑《すべ》り、いましもそのまま冷たい海水の中へと飲み込まれようとしていた。水兵は恐慌《きょうこう》状態になって、必死《ひっし》になにかを叫んでいたが、なにしろ轟音がひどかった上に、彼の出身地のウクライナ語だったので、私にはよく聞き取れなかった。母親の方は悲鳴を上げる力さえ残っていなかったのか、力ない瞳《ひとみ》で私を見上げるだけだった。

手を伸《の》ばせば、まだ二人のうち片方は助けられる。

片方だけは。

相手の顔さえはっきり見えない薄闇《うすやみ》と、はげしく揺れ動く視界《しかい》との中で、私に与《あた》えられた時間はせいぜい三秒くらいだった。

わずか三秒しかなかったのだ。

結論《けつろん》をいえば、私は水兵に手を伸ばした。ほんの二フィートばかり、彼の方が近かったこともある。それに彼はまだ二〇そこそこの若者だったし、この事故に直接の関係はなかった。故郷《くに》に帰れば恋人《こいびと》も家族もいる。一方、あの母親は腹部に強い打撲《だぼく》を受けていて、症状《しょうじょう》を見る限り、いくつかの臓器《ぞうき》が損傷しているようだった。低体温症もだ。水兵を犠《ぎ》牲《せい》にして彼女を連れ帰ったところで、艦内《かんない》の医療施設《いりょうしせつ》で一命を取《と》り留めることができるかどうかは、微妙《びみょう》なところだった。

いずれにせよ、私は選んだ。

じたばたする水兵の袖《そで》をつかみ、どうにかその体を支えることに成功した私は、彼の肩《かた》越《ご》しに彼女を見た。割れた氷床《ひょうしょう》を横滑りして、真っ黒な口を開けた海へと吸《す》い込まれていく彼女を。もともとそんな体力など残っていなかったのだろうが、彼女は悲鳴もあげなかったし、恐怖《きょうふ》や絶望《ぜつぼう》の表情もみせなかった。従容《しょうよう》として自分の運命を受け入れ、深い闇の中へと落ちていく。その姿には、むしろある種の儚《はかな》さと美しささえ漂《ただよ》っていた。

彼女は私を見ていなかった。私の背後、さらにその向こうの、オスキンたちを見ていた。オスキンに抱かれた少年の瞳を。

血色を失った唇《くちびる》が弱々しく動き、彼女は最後になにかを言った。

『タタカッテ』

私にはそう見えた。

その直後、彼女は闇に飲み込まれた。それきり、もう二度と浮《う》き上がってくることはなかった。

(同志！　いそげ！)

オスキンたちが叫び、こちらにザイルを放ってくれた。いまだに自分の生命すら危ないことを思い出す。瞑目《めいもく》するゆとりさえないまま、私たちは沈みゆく墜落機から、死にものぐるいで逃《に》げ出していった。

沈む機体の姿さえ、まともに見ることはできなかった。音だけを覚えている。なにか恐《おそ》ろしい、死を司《つかさど》る異界《いかい》の巨人《きょじん》が、私たちの背後で激《はげ》しくのたうち、すさまじい声で我々に呪《のろ》いの言葉を浴《あ》びせていたことしか覚えていない。

けっきょく、墜落機の前半分を探索《たんさく》する余裕《よゆう》はなかった。

ただ一人の生存者である少年をK―244に運んでいる間に、数百メートル離《はな》れていた機体の前半分も傾きはじめ、私たちが艦にたどり着いたときには轟音をたてて北極海へと沈もうとしていたのだ。

ハッチをくぐって艦内に戻り、少年を軍医に預《あず》けてから、私はようやく防寒具を脱《ぬ》いだ。

母親の方を救えなかったことに、我々は意気消沈《いきしょうちん》していた。疲労《ひろう》も激しく、全身が寒さで固くこわばっている。あの母親の代わりに私が助けた水兵は、軽いショック状態に陥《おちい》っており、自分を責《せ》める言葉をうわごとのようにつぶやいていた。

(助けられたのに)

(僕が死ねばよかった)

(見捨《みす》ててしまった)

その言葉の数々が、すべて私の胸に突き刺《さ》さった。責められるべきは彼ではない。選択《せんたく》し、決断した私なのだ。

水兵を慰《なぐさ》める役は私には無理《むり》だった。オスキンに『彼を頼《たの》む』と耳打ちしてから、私はそのデッキを出て隣《となり》のコンパートメントへ向かった。医務室の近くまでくると、ちょうどハバロフ艦長が通路を歩いてきた。

(墜落機は完全に沈んだそうだ)

そう言ってから、艦長は持っていたウォッカのボトルを私に押《お》しつけた。

(飲め。死人のような顔だぞ)

(はい)

私は言われるままに、ボトルを一口、大きくあおった。熱いものが喉《のど》から胃へと駆《か》け抜《ぬ》けていき、ようやく人間らしいため息がもれた。

（一人しか救えませんでした）

（充分《じゅうぶん》だ。よくやってくれた）

艦長は私の背中を叩《たた》いて言った。

（子供の様子はどうですか）

（それを見に来たところだ。来るかね）

（はい）

医務室に入ってから、艦長と軍医の話を黙《だま》って聞いた。

少年の凍傷《とうしょう》は軽度《けいど》で済んだようで、指などが欠損《けっそん》する心配はないとのことだった。いまは落ち着いて眠《ねむ》っているという。

（日本人なのか？）

（おそらく）

（身元はわかるか？）

軍医は肩《かた》をすくめ、私に目を向けた。

（所持品《しょじひん》を見せてください）

私が頼むと、軍医は机上《きじょう》に放置《ほうち》してあった少年の着衣とぬいぐるみを顎《あご》でさした。

(それで全部だ)

医務室で脱がすときにはさみを入れたせいで、衣類《いるい》はばらばらになっていた。調べてみると、膝丈《ひざたけ》くらいの半ズボンの裏地《うらじ》にタグがついていて、名前と思《おぼ》しきものが書き込んであった。サインペンの文字はにじんでいて、ひどく読みづらかったが、平仮名《ひらがな》でこう書いてあった。

『さがらそうすけ』

それだけだ。

それだけが彼の身元を示すすべてだった。

K—244はその二日後、北海艦隊司令部基地への帰途《きと》へとつくことになった。命令に反して救助作業を行ったことを、軍と共産党《きょうさんとう》がどう判断《はんだん》するかが気がかりだったが、航海《こうかい》そのものは平穏《へいおん》だった。

また、ソナー員は英国の新型潜水艦《せんすいかん》が我々《われわれ》を追跡《ついせき》していることを告げていた。それ自体はいつものゲームだ。実際、彼らはK—244がバレンツ海に近づいたところで追跡を打ち切り、スヴァールバル諸島沖《しょとうおき》の海域《かいいき》へと引き返していった(すれ違《ちが》いに我《わ》が方の最新鋭《さいしんえい》艦《かん》が出撃《しゅつげき》していく痕跡《こんせき》も探知《たんち》していたのだが、その情報はいまだに最高機密扱《あつか》いとなっている。その最新鋭艦は、その航海中に『事故』で沈没《ちんぼつ》したと聞いている）。

ともかく艦内で唯一《ゆいいつ》、日本語が使える私が、軍医との通訳《つうやく》を兼《か》ねてその幼い少年――サガラ・ソウスケの面倒《めんどう》をみることになった。

最初、少年は私の呼びかけにほとんど答えようとしなかった。おびえていたのもあるだろうが、やはり墜落《ついらく》事故のショックが彼の心を痛めつけていた。

彼がまともに口をきいたのは、あの救出劇から四日目の朝だった。私はいつもどおりに、通り一遍《いっぺん》の質問や呼びかけを試《こころ》みた。

――腹は減《へ》っていないか？

――欲《ほ》しいものはあるか？

――いずれ家に帰れるぞ。

――心配するな。

やはりサガラ・ソウスケは答えなかった。私は『お手上げだ』とばかりに首を振《ふ》って、医務室の反対側にあった折りたたみ椅子《いす》に座《すわ》ろうとした。だが傍受《ぼうじゅ》した通信情報の整理《せいり》などで徹夜《てつや》が続いていたため、いささか疲労《ひろう》がたまっていたのだろう。私はそのときぬれた床《ゆか》に足をすべらせてしまった。危《あや》ういところでテーブルにしがみつき、転倒《てんとう》を防《ふせ》いだ私の姿は、傍目《はため》にも滑稽《こっけい》だったはずだ。

しかし、それでもサガラ・ソウスケは笑わなかった。肩をすくめておどけた私を注意深い目で見つめ、ひとこと『だいじょうぶ?』と言った。

(ああ、大丈夫《だいじょうぶ》だ)

少年の言葉に驚《おどろ》きながらも、私はそう答えた。

(君も大丈夫か?)

その場の勢《いきお》いでそう尋《たず》ねてみると、ソウスケはこう言った。

(おかあさんはどこ?)

私は口ごもった。どう伝えていいのか、わからなかった。

(君の母親は……)

(しんじゃったの?)

沈黙《ちんもく》は何十秒くらいだったろうか。けっきょくどうすることもできずに、私は正直に認めた。

(そうだ。死んでしまった)

彼はすぐには泣かなかった。

ぼろぼろのぬいぐるみを抱《だ》きしめ、しばらくの間、私の言葉の意味を幼いなりにじっくりと吟味《ぎんみ》しているようだった。

（ぼくもしぬ。おかあさんがかわいそう）

やがて彼はそうつぶやき、ぼろぼろと涙《なみだ》を流して泣きはじめた。私はその場に立ち尽《つ》くし、うつむいているよりほかになかった。月並《な》みな慰《なぐさ》めの言葉なら、何通りも思いついたが、決して口にはできなかった。彼の『おかあさん』を遠くに行かせてしまったのは、ほかでもない私なのだ。

いま客観的《きゃっかんてき》に考えてみても、私の決断《けつだん》はやむをえないものだったはずだ。ほかに選択《せんたく》の余地《よち》はなかった。だが、それでも、幼い少年の言葉は私に暗い影《かげ》を落とした。

もっと、なにかが出来《でき》たかもしれない。

その事実が常《つね》に私を責め続ける。彼にどうしようもない負い目を感じさせる。もちろん、彼はそんなことなど微塵《みじん》も知らないだろう。

いまでも、私は彼にあのときの真相《しんそう》を告げることができずにいる。あのときにいたのが、私だということさえ、彼は知らない。

不誠実《ふせいじつ》だという非難《ひなん》も、甘《あま》んじて受けよう。

だが、言えないのだ。

人々は私を誤解《ごかい》している。

たとえ戦士として、指揮官《しきかん》として相応《そうおう》の技能と経験を持っているとしても、私はその程《てい》度《ど》の男なのだ。


それでも港《みなと》に着くまでの間、私は彼と多くの時間を一緒《いっしょ》に過《す》ごした。

彼の住んでいた町のこと。

彼の母親が作ってくれた料理。

近所に住んでいる猫《ねこ》のこと。

そうした、断片的《だんぺんてき》なあれこれだ。具体的《ぐたいてき》に彼がどこに住んでいて、どういった家庭で育ったのかはよく分からなかったが、両親から深い愛情を受けていたことだけは想像《そうぞう》ができた。

彼は私のことを『アンおじさん』と呼び、私は彼のことを『ソウスケくん』と呼んでいた。いまの彼との関係を考えると、どこかユーモラスでさえある。私自身の話も少しはしたが、ほかのほとんどの会話と同じく、彼は覚えていないだろう。

ソウスケはぬいぐるみを決して手放《てばな》そうとはしなかった。寄港《きこう》直前に、私はそれを指摘《してき》して『女の子みたいだな』とからかった。彼はそれでもぬいぐるみを手放そうとはせずに、私をにらみつけ、こう言った。

（いいの。このこはぼくがまもるの）

人間を形成《けいせい》するのは、つまるところ誕生後《たんじょうご》の過程《かてい》や経験だと、いまでも私は思っている。

だが、彼はすくなくとも限りなく善《ぜん》に近い存在として生まれてきたように見えた。

決して強くなどなかったし、それどころか争いや戦いを恐《おそ》れている節《ふし》もあった。

だが、これだけは間違《まちが》いない。

サガラ・ソウスケは本当に優《やさ》しい子供だった。


K−244が司令部《しれいぶ》の基地《きち》に到着《とうちゃく》し、私の任務《にんむ》は終わった。

それでも艦から降りることは許可《きょか》されず、私を含《ふく》めてすべてのクルーは寄港した艦内で待機《たいき》するよう命じられた。ハバロフ艦長だけが真っ先に司令部に呼び出され、艦から降りていった。

艦長が不在《ふざい》のうちに、数名の兵士を引き連れた将校《しょうこう》が艦を訪《おとず》れ、サガラ・ソウスケを連れていってしまった。日本語に堪能《たんのう》なKGBの将校も同行しており、猫なで声でソウスケに『さあ、おいで』と言っていた。

私にそれを止める権限《けんげん》など、もちろんない。それに我《わ》が身を削《けず》って献身《けんしん》してきた党と軍が、あの幼子を悪いようにするはずがないと思っていた。私は手を振《ふ》り、『大丈夫だ。元気でな』とだけ言って、不安げな少年を艦から送り出した。

ハバロフ艦長《かんちょう》はK―244に帰ってこなかった。

それどころか、私は二度と艦長と再会できなかった。港での待機が始まった二日目、私はハバロフを連れて行った連中《れんちゅう》と同じ面子《メンツ》に呼び出され、鉛色《なまり》の空の軍港に降り立った。

司令部に付くと、ねぎらいの言葉もなく厳《きび》しい尋問《じんもん》にさらされた。

ほとんど眠《ねむ》ることさえ許されないまま、名前も知らない将校の質問は続いた。

当初与《あた》えられた任務を説明しろ。

なぜその任務を放棄《ほうき》した。

艦内でそれに賛同《さんどう》したのはだれか。

艦長はそのときどう言っていたか。

政治士官の反対をどう説《と》き伏《ふ》せたのか。

本当に生存者はほかにいなかったのか。

君はなぜ艦長に反論《はんろん》しなかったのか。

重大な反逆行為《はんぎゃくこうい》だとは思わなかったのか。

尋問を聞いているうちに、ハバロフ艦長が『すべて自分の独断《どくだん》であり、カリーニンを含《ふく》めたクルーたちには一切咎《いっさいとが》がない』と説明していたことをおぼろげに察《さっ》した。それが彼の意思《いし》だったのだろう。私は曖昧《あいまい》な答えを並べ立て続け、三日後に解放《かいほう》された。スペッツナズの尋問訓練《くんれん》担当教官の方が、彼らよりもよほど手ごわかった。

やるべきことをやって、少ないながらも一人の生存者を救ったにもかかわらず、我々がそれを賞賛《しょうさん》されることはまったくなかった。そのことに、同様《どうよう》の尋問を受けたK—244のクルーたちはショックを受けていた。

ハバロフ中佐はそのまま艦長の任を解《と》かれ、極東艦隊の勤務《きんむ》になったと聞いたが——そうではなかったはずだ。シベリアのどこかに移送《いそう》されて、辛《つら》い生活を送ることになったのだろう。

レニングラードの自宅に帰り、いつもどおりの妻の厭味《いやみ》に耐《た》え忍《しの》んでから、私は集められる限りのニュースを集めてみた。

墜落《ついらく》したムサシ航空機は、北極海で行方不明《ゆくえふめい》のままだった。乗員乗客は全員——一人残らず、すべての人間が絶望的《ぜつぼうてき》で、事故原因も、不時着地点も不明《ふめい》だった。

ソビエト政府は、あの事故のときに海軍の潜水艦があの事故場所にいたことを明かす気がなかった。クルーのすべてには緘口令《かんこうれい》がしかれ、K—244の航海《こうかい》そのものが無《な》かったことにされ、もちろん、サガラ・ソウスケが生存していることもまったく報《ほう》じられていなかった。

後日、私は当時の日本の新聞を入手《にゅうしゅ》し、死亡者の名前の中に『サガラ』の苗字《みょうじ》を探《さが》した。

だが奇妙《きみよう》なことに、『サガラ』という名前の乗客は一人もいなかった。

両親が離婚《りこん》していたのか、私生児《しせいじ》だったのか。それともあの着衣の名前そのものが間違《まちが》っていて、その名で呼んだ私を幼い彼が訂正《ていせい》しなかったのか。それはわからなかったが、とにかく『サガラ・ソウスケ』という乗客は一人もおらず、彼の家族を探そうとする私の試みはほとんど不可能《ふかのう》になってしまった（そして私が自由に日本に脚《あし》を運べるようになった時期《じき》には、あの事故そのものが風化《ふうか》しかけていた）。

あの少年は大国の都合《つごう》で死んだことにされ、その後どうなったのかは、長らく知ることができなかった。

手がかりをつかんだのは四年後だ。

改めて出征《しゆつせい》したアフガニスタンで知り合ったＫＧＢの情報将校とのなにげない会話で、私はそれを知った。

ＫＧＢ（国家保安局）の一部に、非常《ひじよう》に特別なセクションがある。幼い外国人の子供を集めて、暗殺者《あんさつしや》として育てる部署《ぶしよ》があると。

『ナイフ《ナージャ》』。

本来の名称《めいしよう》なのかどうかは知らないが、そのセクションはそう呼ばれていた。

そのＫＧＢ将校は『ナージャ』の訓練所で、日本人の子供にも出会ったという。四年前のある日、海軍に関係の深いKGB将校が連れてきた子供——ちょうどいまなら八歳《さい》くらいの少年がいて、ごく優秀《ゆうしゅう》な成績を収めていた、と。

それだけで直感《ちょっかん》が告げていた。

私が信じてきた祖国《そこく》は、あの優しく、か弱い少年を暗殺者として育てているのだ。

●

私がアフガニスタンでの作戦行動に従事《じゅうじ》したのは、大きく分ければ三度ほどになる。

一度目はアフガンへの侵攻《しんこう》開始前後。

私は当時のアフガニスタンを支配《しはい》していたアミーン議長の暗殺ミッションに参加《さんか》し、邸《てい》宅《たく》の制圧《せいあつ》任務の一翼《いちよく》を担《にな》っていた。若かったあのころは、それが国のためになるのだと本気で信じていた。

二度目はK—244での一件に先立つ数年間。

この時期《じき》の私は特殊《とくしゅ》部隊の下士官として、少数の部下を率《ひき》い、おもにアフガン北東部でのゲリラ掃討《そうとう》作戦に駆《か》り出されていた。この時期、親ソ政権とソ連軍に反発するイスラム聖戦士——ムジャヒディンたちの間では、すさまじい損害の中から真《しん》に有能な歴戦《れきせん》の兵士たちが育ちはじめていた。最初のころは旧式《きゅうしき》の小銃《しょうじゅう》を持つだけの素人《しろうと》集団だったゲリラが、わずか数年のうちに、実戦《じっせん》経験豊富《ほうふ》なおそるべき強敵の集団に変貌《へんぼう》しつつあった。

三度目は再侵攻からのアフガン解放直前までの数年間だ。

Ｋ―２４４の事件のあと、私はいくつかの教程《きょうてい》を経《へ》て将校になっていた。現場をよく知り、かつ十分な教育を受けている人材が軍では慢性的《まんせいてき》に不足していたのだ。お世辞《せじ》にも党の活動に熱心《ねっしん》とはいえなかった私が尉官《いかん》になれたのも、そうした事情のせいだろう。

けっきょく足かけ一二年、私はアフガニスタンでの戦いにかかわってきたことになる。

この一二年間で私は大尉《たいい》まで昇進《しょうしん》していた。これくらいの階級になると一〇〇人規模《きぼ》の中隊指揮をとるのが普通《ふつう》だったが、私の部隊は強襲偵察《きょうしゅうていさつ》や破壊《はかい》工作がおもな任務《にんむ》だったので、実質《じっしつ》は小隊長クラスの役回りが多かった。

Ｋ―２４４で救った少年が暗殺者に育てられていることを知ったのは、その三度目の出征中だったが、日々の忙《いそが》しさがそれ以上の詮索《せんさく》を私に許さなかった。それにＫＧＢ将校のその話だけでは確信《かくしん》が持てなかった。第一、最前線の部下たちを生き延《の》びさせることに必死な私が、国家の最高機密に属《ぞく》するような（しかも非人道的《ひじんどうてき》な）プロジェクトになにかの干渉《かんしょう》などできるだろうか？

アフガンもまた地獄《じごく》だったのだ。

腐敗《ふはい》した旧政権からの人民の『解放』を名目に、彼《か》の地に向かったわれわれソ連軍人を待っていたのは、無神論者《むしんろんしゃ》の支配《しはい》をよしとしないゲリラたち——イスラム聖戦士の苛烈《かれつ》な抵抗《ていこう》だった。

彼らアフガン・ゲリラの頑健《がんけん》さ、勇猛《ゆうもう》さ、冷酷《れいこく》さについては、一万語を費《つい》やしても語りきれないだろう。われわれの敵は賛嘆《さんたん》すべき戦士であり、忍耐《にんたい》強きアスリートであり、また畏怖《いふ》すべき死神の化身《けしん》だった。

彼らは時代遅《おく》れの武器だけで、われわれの近代装備《そうび》の裏をかく方法を心得《こころえ》ていた。

彼らは粗末《そまつ》なパンと水だけで、険《けわ》しい高山地帯《ちたい》を何十キロも歩き続けることができた。

そして彼らは死を恐《おそ》れず、一人でも多くの侵略者《しんりゃくしゃ》——すなわちソ連兵を殺すことがアラーの意思《いし》だと固く信じていた。それも、できるだけ残虐《ざんぎゃく》な方法で。

たくさん死んだ。

敵も味方《みかた》も。

数々の作戦をこなし、救った味方も数え切れないほどいた。だが失った部下の家族への手紙を、私は何十回も書いた。

部下たちはそれでも私を信頼《しんらい》に足る将校として慕《した》い付き従《したが》ってくれた。新兵の目から見れば、私は何者にも屈《くっ》することのない、巌《いわお》のような古強者《ふるつわもの》に見えたことだろう。事実《じじつ》、私はそう振舞《ふるま》っていたし、そうした評価に足るだけの戦果《せんか》をあげていた。恐れを知らないイスラム聖戦士たちも、その戦域の敵が私の部隊だと分かればその戦いも慎重《しんちょう》になった。

だが――

思えばあの戦争で、私は自分でも知らないうちに人生というものについて徹底的《てっていてき》に疲労《ひろう》していったのだろう。プラチナに近いブロンドの髪《かみ》が、枯《か》れたような灰色に変わっていったのもあの時期《じき》のことだ。

正確な時期はわからない。気づけばいつのまにか、そうなっていたのだ。

妻とのこともあった。

彼女――イリーナ・カリーニナは、当時すでに名の知れたバイオリン奏者《そうしゃ》だった。公演の関係で西側諸国を回ることも多かったためか、進歩的《しんぽてき》で洗練《せんれん》された女性だったといえるだろう。頭が良くて冗談《じょうだん》もうまく、なによりも子供好きなロマンティストだった。私たちは二〇代の早い頃《ころ》に知り合い、一日で恋《こい》に落ちて一年で結婚《けっこん》していた。

イリーナは子宝を授《さず》かることを切望《せつぼう》していたが、私と彼女の職業《しょくぎょう》がそれをなかなか許さなかった。彼女は公演で世界中を飛び回り、私は『家族にすら説明を許されない仕事』で世界中を飛び回っていたのだから。夫婦《ふうふ》でも逢瀬《おうせ》はごくごく限られたものだった。帰宅《きたく》すれば、妻がそこにいる――そういうことが当たり前ではなかったのだ。

彼女の公演にかこつけて、夫として西側諸国に同行することもしばしばだったが、そうしたとき、私は同時にGRUからの密命《みつめい》も受けていることがほとんどだった。現地エージェントとの接触《せっしょく》や、通信機材の運用など、ごく地味《じみ》な種類の任務だったにもかかわらず、妻はそれを漠然《ばくぜん》と察《さっ》し、そのことで私を強くなじった。

戦争に行っている間は、手紙でやりとりを続けたが、彼女が日増《ひま》しに消耗《しょうもう》していっていることは察しがついた。私の性格をよく知っている彼女だ。どれだけ手紙で『安全な任務だ』と言っても、イリーナはそれを信じようとはしなかった。なにしろ、私の言葉の方がとんでもない嘘《うそ》で、安全とは程遠《ほどとお》い任務だったのだから。

それでもまだ、どうにかなるはずだった。

最終的にソ連軍の完全勝利に終わったアフガン紛争《ふんそう》だが、当時は『ソビエトにとってのベトナム戦争』だと評されることもしばしばだった。それほどまでにソ連軍の戦いは苦しく、勝つ見込みのない泥沼《どろぬま》の状況《じょうきょう》だったといえる。

単純《たんじゅん》な地《ち》政学的動機《せいがくてきどうき》に基《もと》づく侵略《しんりゃく》戦争だということはもう分かっていたが、それでも私は祖国《そこく》の理想と大義《たいぎ》をいくばくかは信じていた。

だがそれが空《むな》しいものだと思い知り、祖国に対しての不信感《ふしんかん》が育っていくまで長い時間はかからなかった。三度目に指揮官としてアフガンに行ったころには、その戦争の意味すら私にはわからなくなっていたのだ。

アフガニスタンの主戦場は険《けわ》しい山岳《さんがく》地帯だった。

味方の装甲車《そうこうしゃ》や戦車が移動《いどう》可能なのは、山間を這《は》うようにして続く細い未舗装《みほそう》の道だけだ。そうしたルートに地雷《じらい》を仕掛《しか》けたり、理想的な待ち伏《ぶ》せ地点を設定《せってい》することがどれほど容易《ようい》なのかは、基礎《きそ》的《てき》な訓練を受けた人間には説明するまでもない。味方の防衛拠点《ぼうえいきょてん》に対して、地形と夜陰《やいん》に乗《じょう》じて接近《せっきん》する敵ゲリラを発見することが、どれほど困難《こんなん》なのか――それも説明の必要はないだろう。

ゲリラ対策《たいさく》に活躍《かつやく》していたのは〈ハインド〉とよばれる攻撃《こうげき》ヘリだった。

しかしその〈ハインド〉はアメリカがゲリラに供与《きょうよ》した携行式《けいこうしき》の対空《たいくう》ミサイル〈スティンガー〉に対してきわめて脆弱《ぜいじゃく》で、作戦行動は天候に大きく左右されたため、万能《ばんのう》というにはほど遠いものだった。

峻険《しゅんけん》な地形を味方に付け、待ち伏せ攻撃と夜襲《やしゅう》をかけてくる頑健《がんけん》なゲリラたちに対して、通常装備《つうじょうそうび》の正規軍《せいきぐん》がいかに脆《もろ》いものか。いつまでも打開《だかい》の見通しがつかない戦局に、ソ連軍の将兵は疲《つか》れきっていた。

その戦況《せんきょう》を打開したのが、新兵器のアーム・スレイブだった。

新兵器の噂《うわさ》を聞いてから半年後くらいだったろうか。私の部隊が所属《しょぞく》する連隊にも、ぴかぴかのアーム・スレイブ――〈暴風《リーヴェニ》〉が配備《はいび》された。西側諸国のNATOコード名ではRk―91〈サベージ〉と呼ばれることになる機体《きたい》だ。この機種は現在の最新鋭《さいしんえい》ASに比《くら》べれば、いささか鈍重《どんじゅう》ではあったが、それでも生身《なまみ》の歩兵に対してはほぼ無敵《むてき》の存在だった。

最初は私もほとんどの将兵と同じく、その新兵器の性能や効果《こうか》については懐疑《かいぎ》的な立場だった。だが試行錯誤《しこうさくご》の運用を始めてから数週間で、われわれはその認識《にんしき》を改《あらた》めることになった。

周知《しゅうち》の通り、アーム・スレイブは人体を模《も》した歩行式の機甲《きこう》システムだ。攻撃ヘリをしのぐ攻撃力とタフさ、いかなる地形をも踏破《とうは》する機動性《きどうせい》を備《そな》えたこの人型《ひとがた》兵器は、われわれが抱《かか》える問題をすべて解決《かいけつ》してくれた。A S《アーム・スレイブ》は前近代的な装備のゲリラ掃討《そうとう》にうってつけの能力を持っていたのだ。

私は従来《じゅうらい》の偵察《ていさつ》部隊とAS部隊とを連携《れんけい》させ、効果的《こうかてき》に敵ゲリラを掃討する戦術《せんじゅつ》を次々に編《あ》み出していった。その戦果は目ざましく、われわれはわずか一か月で支配地域《しはいちいき》を倍に広げ、また味方の損害も目に見えて減《へ》っていった。

だが敵にとっては不幸なことだっただろう。

その時期の私の敵は、バダフシャン地方を中心にパンジシール高原で無敵を誇《ほこ》った、マジード将軍の指揮するゲリラ部隊だった。ソ連軍はこれまで、彼の率いるゲリラたちに徹《てっ》底的《ていてき》に手を焼いていた。そこで私と部下たちが呼ばれていたのである。

〈バダフシャンの虎《とら》〉とも呼ばれたマジードの部隊は、数あるアフガン・ゲリラの中でもとりわけ精強《せいきょう》で統率《とうそつ》もとれており、また捕虜《ほりょ》の扱《あつか》いなどでもきわめて慈悲《じひ》深いことで知られていた。戦いを生業《なりわい》とする者として、私は彼の勇気と忍耐力《にんたいりょく》に、敵ながら常《つね》に賛嘆《さんたん》と敬《けい》意《い》の念《ねん》をひそかに抱《いだ》き続けていた。

その敵を、私の指揮するAS部隊は次々に蹂躙《じゅうりん》していったのだ。決して楽しい作業ではなかったが、おかげで味方の損害は抑《おさ》えられた。ほかに選択《せんたく》の余地などなかったし、手心《てごころ》を加えることなど論外《ろんがい》だった。

そうして出口の見えない戦争に、ようやく光がさしてきたのと同じころ、私の家庭生活にも一つの朗報《ろうほう》があった。

イリーナが子供を授かったというのだ。

最前線から祖国に帰った休暇《きゅうか》の二か月後、彼女が子供を身ごもったという手紙を受け取ったときは、『これから良くなる。すべていい方に向かっていく』と信じていた。そのための手段《しゅだん》は単純だ。目の前の任務に集中し、できるだけ早くこの戦争を祖国の勝利へと導《みちび》き、大手《おおで》を振って帰ればいい。必ず生き残ればいいのだ。そして、それは以前に思っていたほど難《むずか》しいことではなくなっていた。

そのはずだった。

副官《ふくかん》を務めるクリヴェンコ中尉《ちゅうい》からその話を聞いたのは、妻からの朗報を受け取った翌週の朝だった。同じ連隊の混成《こんせい》小隊が、攻略《こうりゃく》中の町の近郊《きんこう》で、敵の反撃を受け壊滅《かいめつ》したというのだ。しかも、敵の、ア、ー、ム、・、ス、レ、イ、ブによって。ありえないことだ。

敵のゲリラ部隊がASを保有《ほゆう》しているという情報はそれまでなかった。まず考えられたのは、ゲリラたちがアメリカ政府から西側ASの供与《きょうよ》を受けた可能性《かのうせい》だ。それまでもアメリカは当時最新だったスティンガー対空ミサイルなどをゲリラ側に提供していた。ASを提供することも――その予算や規模《きぼ》から考えれば難しいはずだったが――不可能ではなかったはずだ。

だが実際にその場に足を運んでみて、残された足跡《あしあと》や弾薬《だんやく》の空薬莢《からやっきょう》を調べると、すぐにアメリカ製のASではないことがわかった。

敵ゲリラが使っていたASは、われわれと同じ〈サベージ〉だったのだ。

さらにその敵はこちらの〈サベージ〉を行動不能《こうどうふのう》にした上で、そのままどこかへと運び去っている。足跡を冷静に観察《かんさつ》してみると、敵ASには、まだどこかに稚拙《ちせつ》な動きのある部分もあった。無駄《むだ》なステップや不効率《ふこうりつ》な歩行ルート。何度かひとりでに転倒《てんとう》した形跡《けいせき》も見て取れた。射撃《しゃげき》も無駄弾《むだだま》が多かった。

だが、わざわざ小破させた機体を持ち去る理由といったら、一つしか考えられなかった。

（部品の確保《かくほ》でしょうか）

副官のクリヴェンコ中尉がそう言った。

（敵は鹵獲《ろかく》した我《わ》が軍のASを修理《しゅうり》して使っているのかもしれません）

この地域では、それまで三機の〈サベージ〉が戦闘《せんとう》中に失われ、未回収《みかいしゅう》のままだった。二機はそれぞれ対戦車地雷《たいせんしゃじらい》と対戦車ミサイルの餌食《えじき》となり、一機は駆動系《くどうけい》のトラブルで戦域に置き去りにされたのだ。

三機を解体《かいたい》してトラックで運び、生きている部品を組み合わせれば——そう、おそらく一機の完全品をでっちあげることも不可能ではないだろう。敵ゲリラにASの専門知識《せんもんちしき》があるとは思えなかったが、彼らの中には内戦前に工科大学に通っていた学生や技術者などもいるはずだった。

正規《せいき》の整備兵ですらまごつくような最新兵器を、ゲリラが鹵獲して運用している？にわかには信じがたいことだったが、様々な状況《じょうきょう》がその事実を示唆《しさ》していた。

上層部《じょうそうぶ》の愚《おろ》かな将校たちは、ゲリラを無学《むがく》な野蛮人《やばんじん》だと侮《あなど》っている。だが実際《じっさい》の彼らはその正逆で、古老《ころう》たちから授《さず》かった伝統的《でんとうてき》な知恵《ちえ》と、しかるべき科学知識の両方を兼《か》ね備えていた。

そうでなければ、まだ扱いの難しかった当時のスティンガー・ミサイルで、ソ連軍のヘリや輸送機《ゆそうき》にあれほどの損害が与《あた》えられるはずがない。彼らは各航空機の飛行ルートや天候の影響《えいきょう》、赤外線《せきがいせん》の放射特性《ほうしゃとくせい》や大気の状態すべてを勘案《かんあん》した上で、『アラーは偉大《いだい》なり』とつぶやきミサイルを発射《はっしゃ》していたのだ。決して単なる神頼《かみだの》みで、でたらめに兵器をぶっ放していたわけではない。

ゲリラたちは充分《じゅうぶん》な知性と教養を持っていた。足りなかったのは物資《ぶっし》だけだ。われわれの信じる『近代的な軍隊』と彼らの差は、たったそれだけにすぎない。

自軍がその事実に気づくまでには時間がかかった。私が発した警告《けいこく》にもかかわらず、連隊本部は従来《じゅうらい》通りの作戦をつづけ、徒《いたず》に損害を増やしていった。ゲリラ掃討《そうとう》に加わったASが、同型の敵ASの待ち伏《ぶ》せを受けて撃破《げきは》され、無防備《むぼうび》な歩兵たちが敵のASと歩兵部隊に蹂躙《じゅうりん》された。

そのたびに私は現場におもむき、敵ASの残した痕跡《こんせき》を見て回った。

ほどなく、敵のよろめいた足跡や無駄弾の数が、明らかに減っていることに私は気づいた。襲撃後《しゅうげきご》の退避《たいひ》ルートもよく考えてあり、川や舗装路《ほそうろ》を利用して、その追尾《ついび》をごく困難にしていた。

上達《じょうたつ》しているのだ。

敵ASの操縦兵《そうじゅうへい》は、実戦《じっせん》を通じてみるみるその腕前《うでまえ》を磨《みが》いている。もともと生まれたばかりの新兵器だ。こちらの操縦兵もそう大した経験があるわけでもなく、いまや敵操縦兵とこちらの錬度《れんど》はほとんど同格《どうかく》に近づきつつあった。いや、それ以上だ。敵操縦兵は地形を熟知《じゅくち》し、歩兵たちと見事《みごと》な連携《れんけい》をとり、こちらのASを一機ずつ確実に撃破していった。

この敵が、いずれ手に負えなくなることは容易《ようい》に想像ができる。

連隊長から呼び出され『敵ASを撃破しろ。確実にだ』と命じられた私は、三機の〈サベージ〉と二個歩兵小隊、そして攻撃ヘリ〈ハインド〉二機を率いて、パンジシール高原の戦場に向かった。

このとき敵の掃討作戦にあたって、現地での情報提供者として、KGBから一人の男が紹介《しょうかい》された。

男はガウルンと呼ばれる東洋人の傭兵《ようへい》だった。

ガウルンはこのアフガンで、世界各地から集まった反米主義者たちを戦士として育てる訓練キャンプの教官をしているとのことだった。『反米の戦士』と言えば聞こえはいいが、つまるところは西側での破壊工作を行うことになるテロリスト予備《よび》軍だ。この訓練キャンプを、KGBは以前から支援《しえん》し援助《えんじょ》していたのである。

私は最初から、このガウルンという男が好きになれなかった。西側的な物の考え方をする一方で、彼は物質文明やヒューマニズムというものに対して、ある種の軽蔑《けいべつ》と嫌悪《けんお》を抱《いだ》いているようだった。

われわれの戦争の鼻先で、うさんくさいテロリスト養成《ようせい》キャンプを運営《うんえい》しているのも気に入らない。ガウルンたちは『訓練』の一環《いっかん》として、アフガンのゲリラたちにもたびたび手を出していたようだ。その点を私が指摘《してき》すると、彼は陰気《いんき》な微笑《びしょう》を浮《う》かべて、流暢《りゅうちょう》なロシア語でこう答えた。

(おいおい、無償《むしょう》で害虫駆除《がいちゅうくじょ》に手を貸《か》してやってるんだ。少しは感謝《かんしゃ》して欲《ほ》しいもんだな、大尉さん)

そうした不快《ふかい》な面はあったものの、ガウルンが有能《ゆうのう》な男だったということは、私も認めねばならない。

あの男は——そう、ちょうど獅子《しし》のようだった。気だるげなところがあるかと思えば、突然《とつぜん》、断固《だんこ》たる暴力性《ぼうりょくせい》を発揮《はっき》する。東洋人には珍《めずら》しい巨軀《きょく》の持ち主で、頭の回転は速く、悪魔《あくま》のような狡知《こうち》に長《た》け、その目は人間が生来《せいらい》持つ弱さをすべて見透《みす》かしているかのようだった。この男を屈服《くっぷく》させるのは決して容易ではなかっただろうし、実際、私はその後も彼に完全な勝利を収めることは一度としてなかった。

現地に着くと、ガウルンは一日ほど無断《むだん》でその場を留守《るす》にして、どこからか三名の捕虜《ほりょ》を手に入れてきた。

独断《どくだん》の行動をとがめ『どういうことか』とたずねる私の前で、彼は三名の中でもっとも頑固《がんこ》そうなリーダー格のゲリラを選び、無造作《むぞうさ》に射殺《しゃさつ》してみせた。

制止《せいし》しようとしたクリヴェンコ中尉《ちゅうい》にもう一挺《いっちょう》の拳銃《けんじゅう》を向けながら、さらに一人の捕虜を射殺すると、最後の一人――いちばん気の弱そうな男が、泣きながらぺらぺらと必要な情報を喋《しゃべ》りだした。

（すまんね、大尉。でも手っ取り早かっただろ？　それじゃ、後はよろしく）

そう言ってガウルンは、用済《ようず》みになった最後の一人を撃《う》ち殺し、肩《かた》をすくめてわれわれの前から去っていった。

まったく合理的《ごうりてき》だが、不愉快《ふゆかい》なやり方だった。しかしガウルンと私が対決するのは、それからしばらく後のことになる。そのときはあくまで味方――ソビエトのために働く者同士の立場でしかなかった。

（ああ、そうそう）

最後に一言、ガウルンは振《ふ》り返って私にこう告げた。

（ゲリラのASな。操縦兵はなるべく生かして捕《とら》えてみるといいぜ。きっと面白《おもしろ》いものが見られる）

曲折《きょくせつ》はあったものの、ガウルンがもたらした情報は確かに重要だった。捕虜の言葉から敵ゲリラの配置《はいち》状況がおおむね把握《はあく》できたし、敵ASの数もわかった。

まだ一機だった。

捕獲されたこちらの〈サベージ〉の数から考えれば、最大で計三機は待ち構えていることも考えられていたが、そうではなかった。後で分かったことだが、ゲリラたちはASを温存《おんぞん》し、戦闘に出さない機体を訓練用に使っていたらしい。ごく限られた燃料《ねんりょう》と弾薬《だんやく》の問題もあったようだ。

私はすぐに作戦を立て、二重三重の囮《おとり》と罠《わな》を敵に仕掛《しか》けてやった。地形や気象《きしょう》条件についての知識は向こうに分《ぶ》があったが、私の部下たちも経験ではひけをとらなかった。攻撃《こうげき》ヘリはあくまで敵の頭を抑《おさ》えることに集中させ、歩兵部隊も敵ゲリラの移動を縛《しば》り付けることに専念《せんねん》させる。

敵ASを孤立《こりつ》させること――それが私の狙《ねら》いだった。しかるべき準備《じゅんび》さえあれば、数機の味方ASでとどめを刺《さ》すのは簡単《かんたん》だ。

季節は秋。両軍にとって作戦行動の難《むずか》しくなる冬が、すぐそこまで来ていた。

時刻《じこく》は夕方。夜目《よめ》のきくゲリラたちが有利になる闇《やみ》が、ひっそりと近づいていた。

作戦はおおむね狙い通りに進んだ。敵は実に有能で、こちらの意図《いと》を二手三手先まで読んだ上で行動していたが。それだけに私が四手から先を用意しておくのは難しくなかった。

やがて敵ASが狙い通りの岩場に現《あらわ》れ、私が直《じか》に指揮するAS小隊が攻撃をかけた。

黄昏《たそがれ》の薄闇《うすやみ》の中にうなるエンジン音。

冷たい風音をうち破《やぶ》る機関砲《きかんほう》の砲声。

完璧《かんぺき》な奇襲《きしゅう》にもかかわらず、敵ASは冷静な回避《かいひ》運動と反撃《はんげき》を試みてきた。さらに地盤《じばん》の緩《ゆる》い場所を利用《りよう》して地すべりを起こし、一機の味方ASを行動不能にしたのだ。もう一機の味方機は機関部を撃たれて大破《たいは》し、最後の一機が中破しながらも――なんとか敵機《てっき》を動けなくするだけの損傷を与《あた》えた。

ガウルンには生け捕《ど》りを勧《すす》められていたが、私は部下たちにそうした命令は一切《いっさい》出していなかった。手加減《てかげん》して敵を捕える余裕《よゆう》など、あるはずなかったのだ。その敵ASの操縦兵が死ななかったのは、彼自身の反撃がもたらしたものだった。彼のASが行動不能になったとき、すでにこちらのASも攻撃能力を失っていた……ただそれだけのことだ。

操縦兵は擱座《かくざ》したASの陰《かげ》から、なおもライフルで反撃してきた。

夕闇の中で、敵の姿はよく見えなかった。ライフルの弾《たま》が尽《つ》きると、彼は今度は拳銃《けんじゅう》を撃ってきた。われわれに包囲《ほうい》されていることは分かっているはずだった。

けっきょく私が経験豊富な下士官を連れて、大破したASに肉薄《にくはく》し、操縦兵を捕えることに成功した。

ごつごつとした岩場と、倒《たお》れた機体の間に横たわり、こちらに弾切れの拳銃を向けている『操縦兵』——『彼』の姿を見たときの私の驚《おどろ》きが想像できるだろうか？

まだ幼い少年だった。

一〇歳《さい》かそこらの東洋系だ。

その事実だけでも驚くには十分だったが、それだけではなかった。

五年以上の歳月《さいげつ》が流れていても、私にはすぐにわかった。面影《おもかげ》とか、目鼻の特徴《とくちょう》とか、そういったものだけでは説明しきれない直感が、私にはっきりと断言《だんげん》していた。

あの子供だ——

サガラ・ソウスケ。

北極海で救い出し、後に暗殺者に仕立て上げられたという、K—244のあの少年だっ

た。

そして――おお、神よ。

艦《かん》の医務室でぼろぼろのぬいぐるみを抱《だ》いていた優《やさ》しい幼な子の瞳《ひとみ》は、無垢《むく》なる輝《かがや》きを完全《かんぜん》に失い、無感動《むかんどう》な殺人者のそれへと変貌《へんぼう》していた。

それまで彼がどれほど過酷《かこく》な時間を過ごしてきたのか、この私には想像もつかない。

『ぼくがまもる』と言っていたぬいぐるみを、彼はもう持っていなかった。代わりに抱いていたのは、まだ熱の残る弾切れのＡＫライフルだ。

われわれはその少年兵を拘束《こうそく》し、基地へと連行《れんこう》した。その間、彼は何度か隙《すき》を見て抵抗《ていこう》を試みたので、手荒《てあら》な扱《あつか》いをすることもやむを得なかった。帰還《きかん》して連隊長への報告《ほうこく》を終えるなり、私は彼を取り調べ室に待たせ、尋問《じんもん》に取りかかった。

部下はすべて下がらせ、二人だけになっても、少年兵はほとんど無言《むごん》のままだった。

(私はアンドレイ・カリーニン大尉だ。君の名前は？)

私が名乗っても、彼は答えなかった。さび付いた鉄格子《てつごうし》付きの窓から机上へと射《さ》し込む、夜の探照灯《たんしょうとう》の光と影《かげ》を、むっつりと見つめているだけだった。

(サガラ・ソウスケ)

私がその名を口にすると、彼の表情にはじめて驚きらしいものが浮《う》かんだ。

（ちがうかね？）

（仲間はカシムと呼んでる）

彼はそう答えてから、付け加えた。

（その名前を知ってる奴《やつ》はほとんどいない）

（そうでもない。私にはKGBにも知人がいるのでね）

彼の目に強い警戒《けいかい》の色が差した。

（少年暗殺者の養成施設《しせつ》――『ナージャ（ナイフ）』だったか。そこの出身だな？……そこの生徒が、なぜソビエトの敵に回って戦っている）

彼は答えようとしなかった。

（脱走《だっそう》ではないはずだ。では……任務か？　マジード将軍の暗殺に派遣《はけん》され、そのまま彼の側《がわ》に付いた。違《ちが》うかね）

彼の答えを聞く必要はなかった。私はその時点でおおよその推測《すいそく》ができていたし、後日、その推測が間違っていないことも知った。

ソ連軍はマジード将軍率いるゲリラ部隊の抵抗に、ひときわ手を焼いていた。軍上層部とKGBが、そのマジードを『外科手術的《げかしゆじゆってき》に除去《じよきよ》』しようと試みていたことも、私はかいつまんで知っている。

すなわち暗殺だ。

その暗殺作戦に、彼が派遣されたのだろう。アフガンでの作戦に東洋人の彼が選ばれた理由は、単純《たんじゅん》に彼が成績優秀《ゆうしゅう》だったのと、マジードのキャンプに東洋系の少数民族ハザラ人の難民《なんみん》として紛《まぎ》れ込めることだったのだろう。マジードはタジク人系のゲリラ一派《いっぱ》だったが、他民族の女子供も手厚《てあつ》く面倒《めんどう》を見ていることで知られていた。

ソウスケはマジードの暗殺を試み、おそらくそれに失敗して捕《と》らえられた。慈悲《じひ》深いあの英雄《えいゆう》のことだ。彼はソウスケを不憫《ふびん》に思ったのだろう。信頼《しんらい》できる部下にその幼い暗殺者を預け、ゲリラたちの手伝いをさせていたのだ。

だが――

なぜマジードは彼を女子供たちの元に預け、残虐《ざんぎゃく》な戦争から遠ざけようとしなかったのか？　少年に慈悲の心を感じたのならば、普通《ふつう》はそうするはずだ。

あのときの私にはそれが分からなかった。

しかし、いまは分かる。後日――〈ミスリル〉で再会してから後は、私もマジードと同じように考え、彼を扱うことにした。

なぜか？　端的《たんてき》に言うならば、それは適応《てきおう》の問題だ。

生命が危険にさらされ、精神《せいしん》に強いストレスのかかる環境《かんきょう》は、どんな勇者であろうとまともではいられない。戦争という異常な状況《じょうきょう》に適応できる者は、その過程《かてい》で自身の精神構《こう》造《ぞう》を作り替《か》えてしまう。

いちばんの切り替え方は、自身の生命を無関心に突《つ》き放《はな》してしまうこと。これに成功すると、一分後に自分が死ぬとしても『ああ、そうか』と受け止められるようになる。どんな苦境《くきょう》に置かれてもパニックには陥《おちい》らず、ごく現実的な観察と行動ができ、それだけに――皮肉なことだが――生存の可能性も大きくなる。

それとは別に『俺が死ぬわけがない』と頭から信じ込める者もいる。これは一種の英雄タイプで、経験的にいって異常な強運の持ち主が多い。だがこういうタイプの男は、普通の人間が抱《いだ》く恐怖心《きょうふしん》や脆弱《ぜいじゃく》さを理解できないので、想像力に欠《か》ける面がある。また本当の苦境に陥ったとき、真の強さを発揮《はっき》できない。合理的《ごうりてき》に行動できず、勇敢《ゆうかん》に死にたがったり、部下や仲間を無駄《むだ》に死なせ続ける傾向《けいこう》がある。

死ぬことが何らかの大義――イデオロギーや神の教えに殉《じゅん》じることだと信じ込む者もいる。彼らは真の意味で死を恐《おそ》れない。思考停止《しこうていし》して狂信者《きょうしんしゃ》になることも、精神の安定《あんてい》を保つという目的では正しい選択《せんたく》だ。

ほかにも様々な適応パターンがあるが、おおむねこの三つだ。〈ミスリル〉で共に戦ってきた私の周囲の人々は、ほとんどがこのうちの一つ目——自身の生命を突き放して捉《とら》えるタイプだ。私自身も同じだし、サガラ・ソウスケも同様だった。

だが、彼はその適応の度《ど》が過ぎていた。

普通の兵士は、安全が確保《かくほ》されると『当たり前の人間』に戻《もど》ることができる。飲み、食い、笑い、歌い、女を抱き、それなりの平和を楽しむ。しかし彼は戻ってこない。あまりに幼い時から極限《きょくげん》のストレスを加えられたせいなのかもしれないが、彼は平和への戻り方を知らないのだ。様々な戦争の帰還兵《きかんへい》の中にも、同じような病気を抱《かか》えてしまった者は数多く存在している。おおむね、きわめて優秀だった兵士にこの症状《しょうじょう》は多い。私も重症ではないが、似たような問題に苦しんだ。

彼は常に臨戦《りんせん》状態にある。危険があるのが当たり前になってしまったので、脅威《きょうい》がないことの方にストレスを感じてしまう。一般人《いっぱんじん》には想像もつかないことかもしれないが、危険に適応するよりも、平和に適応することの方が難しいのだ。たいていは平和な社会の人々との間で問題を起こし、つまはじきにされるか、精神をさらに病《や》んでいくか、一人でどこかにこもりきりになるかだ。

彼が偶然《ぐうぜん》〈ミスリル〉に入ってきたとき、私は彼にもっと安全な部署《ぶしょ》での仕事を与《あた》えることもできた。研究部に飛ばして機械をいじらせながら、ゆっくりと兵士であることを忘れさせるように仕向けることも考えた。わずか一六かそこらの少年にこれ以上人殺しをさせることに、なんの痛痒《つうよう》も感じないほど私は鈍感《どんかん》ではない。

だが彼を安全な部署にいきなり放《ほう》り込んでも、ろくな結果にならないだろうことも分かっていた。前述《ぜんじゅつ》した通りの理由でだ。

そこであの少女——千鳥《ちどり》かなめが現れた。

任務という形なら、日本の学校に通うこともできるだろう。現地《げんち》の生活になじむ努力も、最小限のストレスで済むはずだ。もちろん現地の人々にいくらか迷惑《めいわく》はかかるかもしれないが——彼を平和に適応させるならば、任務を通じて『学校』と『部隊』を行き来させる生活ほど有効《ゆうこう》なものはないのではないか？

私の目論見《もくろみ》は予想以上の成功を収めた。半年もすると、彼は自分の意思《いし》で『学校に通う』と言い出し始めたのだから。やっと彼は当たり前の若者になろうとしていたのだ。

話をアフガン時代のことに戻そう。

ともあれ、その時期最大の脅威《きょうい》だったゲリラのＡＳの問題は、その操縦兵《そうじゅうへい》だった幼いソウスケの拘束で解決《かいけつ》した。

味方を殺された憎《にく》しみを、ソウスケに抱く兵もいないわけではなかったが――それよりは単純な動揺《どうよう》と悲哀《ひあい》の情が私たちを支配していた。この戦争は狂《くる》っている。はやく国に帰りたい。

だれもがそう思っていた。


サガラ・ソウスケを捕まえてから数週間は、大きな作戦もないまま日々が過ぎた。ASを失ったためか、敵ゲリラは積極的《せっきょくてき》な抵抗《ていこう》を諦《あきら》め、その戦術を組織的《そしきてき》な時間稼《かせ》ぎに切り替《か》えていた。もうすぐ冬が来るからだ。冬になればこの戦域での戦闘《せんとう》は、否応《いやおう》なしに小康《しょうこう》状態に持ち込まれる。

ソウスケの処分《しょぶん》は、あくまで現地《げんち》の法律《ほうりつ》に基《もと》づき執行《しっこう》されることになっていた。成人したゲリラならば、親《しん》ソ政権に対する反逆者《はんぎゃくしゃ》として処刑《しょけい》、あるいは長期刑となるところだったが、彼はまだ子供だ。首都《しゅと》カブールにある戦災孤児《せんさいこじ》の施設《しせつ》に送られることになるはずだった。

処分が決まるまでの間、私はソウスケになるべく会うことにしていた。

最初はほとんど会話らしいものに応じようとしない彼だったが――私の世間《せけん》話には、一言、二言は反応するようになってきた。あの艦《かん》の医務室のときとまるで同じだ。彼は私が、あのK―244で出会った『アンおじさん』だとは気づいていなかったので、私の態度《たいど》を不思議《ふしぎ》に思っていたことだろう。

私が『君はカブールの孤児院に送られることになるだろう』と告げたところ、彼はこう言った。

（その孤児院には、どれくらいの警備兵《けいびへい》が配置《はいち》されてるんだ？）

収容《しゅうよう》されるなり脱走《だっそう》するつもりなのだ。私はあきれながらこう言った。

（孤児院に警備兵などいない。だが逃《に》げるつもりなら、もっと遠くに君を隔離《かくり》することもできるんだぞ）

（どこに？）

（レニングラードだ。私の家がある）

私の言葉の意味が、彼には分からないようだった。

（私の養子《ようし》にならないか。妻も賛成《さんせい》してくれている。すばらしい女性だぞ）

そう言って妻の写真を手渡《てわた》してやると、ソウスケはなにか懐《なつ》かしいものを思い出すように、食《く》い入って見つめていた。

（きれいな人だ）

（そうだ。来年には子供も産まれる。四人で暮らすんだ。そこで――私と一緒《いっしょ》に、人間らしいことを学びなおそう。音楽や料理。笑うことや泣くことなどを）

それを聞いて、彼は逡巡《しゅんじゅん》した。決して言下《げんか》に否定《ひてい》したりなどはしなかった。それだけで充分《じゅうぶん》だ。まだ彼には感情の残滓《ざんし》が残っていると思った。殺人者としての人生から、まともな人間に戻る希望は残されているのだ。

（僕には戦友がいる）

（それは知っている）

（ハミドラーたちは、僕がいないと困るだろう。ASを使えるのは僕だけだから）

（そうして、また私と戦うのか）

彼はうつむき、なにも言わなかった。

（一度戦って分かったはずだ。君は私に勝てない。君が生まれるずっと前から、私は『戦いの技術』を磨《みが》いてきたのだ。それよりは生きることを考えるべきだ。一度でいい、私の家族に会って……）

そこで彼は顔を上げた。その瞳《ひとみ》にはなにも映っていない。希望も、絶望《ぜつぼう》も。ただそこにあるもの――それだけの存在として、彼は私をぼんやりと見つめていた。

（あなたの言っていることが、僕にはよくわからない。戦って死ぬこと以外に、なにがある？　あなたはなぜ、あそこで僕を殺さずにこんなところに連れてきて、そんな話を聞かせるのか？）

私はひそかに背筋《せすじ》に冷たいものを感じていた。

この少年に人間性のかけらが残っていると思っていた私は、急に自信がなくなった。なにしろ、彼は私の言っていることが、本当に分からないのだ。ひどく純粋《じゅんすい》で不気味《ぶきみ》な疑問《ぎもん》――まるで機械か昆虫《こんちゅう》の類《たぐい》が抱《いだ》くような、人間には説明のできない疑問だ。

（戦争は関係ない。それが君に必要なことだからだ）

そう答えるのがせいぜいだった。私はふたたび『考えてみてくれ』と告げてから、清潔《せいけつ》な独房《どくぼう》を後にした。

いずれにせよ、彼は味方にとって危険な存在だった。ゲリラたちの元に返す気はなかったし、そしてなにより、彼の力をゲリラが必要としなくなる日もそう遠くはないと思っていた。

水面下《すいめんか》で停戦交渉《ていせんこうしょう》が始まっていたのだ。マジードを中心とした反政府《はんせいふ》ゲリラたちと、アフガンの親ソ政権、そしてソビエト、アメリカ、パキスタン、イラン。各勢力《せいりょく》の事務《じむ》レベルの協議《きょうぎ》は数か月前から続いており、ゲリラと政府軍との妥協点《だきょうてん》を模索《もさく》していた。

悪い話ではない。戦況《せんきょう》が大きく変わってきたその時期、停戦《ていせん》はごく現実的な流れでもあった。

アフガン北部はすっかり冬になった。

ゲリラとの戦争も小康状態になり、部下たちにも比較的《ひかくてき》に穏《おだ》やかな毎日がやってきた。ソウスケの調子《ちょうし》は変わらなかったが、私は彼を基地にとどめおき、忍耐《にんたい》強く彼への説得《せっとく》を続けていた。連隊長や副官からはいろいろと言われたが、かまいもしなかった。立場が悪くなることなど、知ったことではない。私はこの戦争を最後に兵隊をやめて、どこかの工場の事務《じむ》仕事にでも移してもらうつもりだったので、軍人としてのキャリアなどにはほとんど未練《みれん》がなかったのだ。

もうじき、私もようやく父親になれる。いつまでもこんな危険な仕事をしている謂《い》われはない。イリーナからの手紙は毎週届《とど》き、お腹《なか》の子供はすくすくと育っているという文面を、私は飽《あ》きもせずに読み返した。

写真と手紙はソウスケにも見せてやった。彼は心底《しんそこ》不思議そうな顔で、『なぜそんなものを見せるんだ?』と言っていたが、決して不快《ふかい》なわけでもないようだった。

イリーナから気になる手紙が来たのは、停戦交渉が大詰《おおづ》めに差しかかった一二月のことだった。

身体《からだ》が重いという。食欲がわかず、関節《かんせつ》がむくみ、下腹部《かふくぶ》がきりきりと痛むと。私も人並みに心配はしたが、それ以上深くは考えず、妊婦《にんぷ》につきものの体調のあれこれだろうと思っていた。

イリーナのこともソウスケのこともあったが、仕事も大事《だいじ》だった。ゲリラとの戦闘《せんとう》は沈静化《ちんせいか》していたが、停戦交渉の警備任務があったのだ。

大臣クラスのVIPが集《つど》う最終的な交渉会議は、アフガン首都のカブールで行われるということだった。通例《つうれい》、こうした停戦交渉は利害《りがい》関係のない第三国で実施《じっし》されるのが普通《ふつう》だ。その方が互《たが》いの顔も立つし、警備も出入国もスムーズに進んでくれる。この場合ならば――スイスやスウェーデンや日本あたりだろう。だがそうではなかった。水面下でどんないきさつがあったのかはわからないが、ゲリラ側もその会場について同意《どうい》していた。あのマジード将軍自身も、この停戦交渉に出席するとのことだった。

ソビエト内で停戦を推進《すいしん》しているのは、ゴルバチョフ暗殺後の共産党政権で、軍内部に相当《そうとう》の発言力を持つアルクスニスという男だった。もと空軍大佐のアルクスニスは西側メディアからはタカ派《は》の過激《かげき》な男として報《ほう》じられていたが、実際はごく現実的な考えの有能な政治家で、かつ外交《がいこう》上手でもあった。彼は必要ならば徹底的《てっていてき》な戦争の継続《けいぞく》を主張《しゅちょう》していただろうが、このアフガンでの戦争が、もはや継続するメリットに欠けるものだという現実をただしく認識《にんしき》していたのだ。そしてなにより、前線で血を流す兵士たちの気持ちをよく理解《りかい》していたため、大多数《だいたすう》の軍の人間からも支持《しじ》を得ていた。

私は連隊からカブールに派遣《はけん》され、空港の警備を担当することになった。当時、すでにカブールはソ連軍の完全なコントロール下にあったが、停戦に反対するゲリラなどが市内に紛《まぎ》れ込んでいる危険はやはりあった。

そこであの知らせがあった。

連隊本部から、無線を通じての電文だった。警備任務に集中し、矢継《やつ》ぎ早《ばや》に指示を出している私の背中に、クリヴェンコ中尉《ちゅうい》が後ろからためらいがちに声をかけた。

(大尉)

(あとにしろ)

私はそう言って、空港周辺の地図に向き直った。中尉の声はどこかか細かった。

(大切な話なんです)

(わかった。言え)

(あなたの奥《おく》さんが亡《な》くなりました。お腹のお子さんも一緒に)

医療《いりょう》事故。

断片的《だんぺんてき》に伝え聞いたところでは、そういう話だった。体調が悪化《あっか》したイリーナは、手紙を出した翌週にいよいよ身体を壊《こわ》し、深夜、市内の病院へと運ばれたという。酔《よ》っぱらいの医師が担当し、満足な医薬品もなかったらしい。ごくごくありふれた病気だった。西側の病院で、しかるべき医師がいれば、なんとかなったはずだ。救える命さえ救えず、なにもかもでたらめなまま、イリーナと私の子供は死んだ。いや、殺されたのだ。信じた祖国の劣悪《れつあく》な医療環境《かんきょう》によって。

机上の地図に手を付き、立ちつくす私に、中尉は『指揮を代わりましょうか』と提案《ていあん》した。

けっきょく私は、ろくでなしの類なのだろう。それでもすぐに『いや』と首を振《ふ》り、自ら警備の指揮をとることを中尉に告げた。イリーナと子供が失われたことについて、深く考えるのは後回しにできた。

そういう風に訓練されていたのだ。

そして――もう一つの事件があった。

停戦交渉の当日に、市内で『ゲリラ』の一斉蜂起《いっせいほうき》があった。

ここ数年でなかったほどの大きな蜂起だ。その規模《きぼ》、その装備、その組織力。たとえこちら側の指揮官がひどく無能《むのう》だったとしても、これほどの襲撃《しゅうげき》を実行《じっこう》することはひどく困《こん》難《なん》だったはずだ。

『ゲリラ』の蜂起によって、混乱《こんらん》する市内のホテルに宿泊《しゅくはく》していたアルクスニスが殺害《さつがい》された。奇妙《きみょう》なことに護衛のソ連兵はホテルにほとんど駐留《ちゅうりゅう》しておらず、襲撃者たちは彼の殺害後も易々《やすやす》とその場を脱出《だっしゅつ》することができた。

戦闘《せんとう》の起きた現場にほど近い空港にいた私は、無線の交信内容や襲撃のクセなどを断片的に聞いただけで、『蜂起したゲリラ』たちの正体を見抜《みぬ》いた。犯人たちはゲリラなどではない。KGBの特殊《とくしゅ》部隊から訓練を受けた、アフガン親ソ政権の兵士たちだ。

警備担当のある中佐から私に連絡《れんらく》が入り、『いかなる人物も空港に通すな。特にマジードは見つけ次第射殺《しだいしゃさつ》しろ。奴《やつ》はこの蜂起の首謀者《しゅぼうしゃ》だ』と命じられた。事件の発生から一時間とたっていないのに、マジード将軍が首謀者扱《あつか》いになっている。

もう分かっていた。この停戦交渉そのものが餌《えさ》であり、茶番《ちゃばん》であり、春からのASの大《だい》投入《とうにゅう》で徹底的にゲリラたちを殲滅《せんめつ》するための布石《ふせき》なのだと。『停戦交渉を破《やぶ》ったのはゲリラたちだ。悲しむべきことに、ゲリラどもは停戦推進派《すいしんは》のアルクスニス氏すら無慈悲《むじひ》に殺害した。彼らが平和を望まないのならば、もはや是非《ぜひ》もない。この戦いを最後まで、断固《だんこ》として続けるよりほかないのだ』……そういうシナリオだった。

私の部下たちが無能《むのう》ならば、まだ救いがあったかもしれない。だが、そうではなかった。

彼らは混乱のカブールを脱出しようとしていたマジード将軍を発見し、見事なまでの手際《てぎわ》で空港ロビーの一角へと追いつめてしまった。

（どうしますか？　本部はすぐに射殺しろと言っています）

副官のクリヴェンコ中尉が私にたずねた。

迷ったのは何十秒だっただろうか。

けっきょく、私は部下たちに待機《たいき》を命じ、エアロフロートのカウンターに隠《かく》れているマジードたちに一人で直接話に行った。

もう分かっていたのだ。

思った通り、彼はおびえてもおそれてもおらず、近づいてきた私に銃口《じゅうこう》を向けようとさえしなかった。

彼はちょうど私と同じ年かさで——同じように髭《ひげ》をたくわえ、同じようにひそかに戦争に疲《つか》れている男だった。知的で、物静《ものしず》かで、それでいて断固《だんこ》たる意志をその胸の内に秘《ひ》めた男だった。

断じて——

腐《くさ》りきった国家に寄生《きせい》する薄汚《うすぎたな》い陰謀屋《いんぼうや》どもの牙《きば》にかかって、志半《こころざしなか》ばで死んでいいような男ではなかった。

(ようやくお目にかかれましたな、閣下《かっか》。光栄《こうえい》です)

私がそう告げると、彼はすぐにすべてを察《さっ》し、肩《かた》をすくめて微笑《びしょう》を浮《う》かべた。

(君がカリーニン大尉だな)

(そうです)

(君が私の庭に来てから、いろいろやりづらくなったよ。カシムはどうなった？　幼いASの操縦兵《そうじゅうへい》だ)

(生きています。まだ私の基地に)

(よかった)

彼は手にした拳銃《けんじゅう》からマガジンを抜き、薬室から弾薬《だんやく》を弾《はじ》きとばした。

(……それで？　どうするね、大尉)

私は一度、部下たちの方を振り返った。彼らの顔には揃《そろ》って深い苦悩《くのう》が浮かんでいたが――クリヴェンコ中尉が小さく首を振り、残りの者も同様の態度《たいど》を示した。だれもがこう言っていた。

『やめてください、大尉』

と。

だが、私はこう告げた。

（機《き》までお連れします。まず私の基地までご同行ください。敵の私が言うのも妙《みょう》だが――あなたはまだ生きているべきだ）

さすがにマジードは意外そうに眉《まゆ》を上げていた。

彼を救うことがなにを意味するのか、私は充分《じゅうぶん》よくわかっていた。だが、イリーナにはもう二度と会えないのだ。

われわれはマジードを空路《くうろ》でカブールから連れ出し、ひそかにパンジシール近くの前線《ぜんせん》基地へと運んだ。

クリヴェンコ中尉をはじめとした部下たちは、ほとんどカブールに置いてきた。この行《こう》為《い》は、あくまで私の独断で進めたことにしたかったのだ。

連隊長の質問は適当《てきとう》にごまかし、私はマジード将軍をひそかに輸《ゆ》送《そう》ヘリへと移《い》送《そう》した。カシムも独房《どくぼう》から連れ出し、マジードに同行《どうこう》させることにした。

あとの流れはあっという間だった。

輸送ヘリでパンジシール高原へと逃《に》げた私たちを、空軍の戦闘機が追跡《ついせき》してきた。基地へ引き返せ――そうした警告すらなく、空軍機はヘリへと発砲《はっぽう》してきた。恐慌《きょうこう》に陥《おちい》ったパイロットに銃口を突《つ》きつけ、高度を下げさせているうちに、その戦闘機は赤外線誘導《ゆうどう》ミサイルを発射《はっしゃ》してきた。

至近距離《しきんきょり》でミサイルが爆発《ばくはつ》し、輸送ヘリは大きなダメージを受けた。跳《は》ね回る破片《はへん》。エンジンの異音《いおん》。回転する外の景色《けしき》。みるみる近づいてくる白い山肌《やまはだ》。

大きな衝撃《しょうげき》が襲《おそ》いかかり、私はそれきり意識を失った。


次に目を覚《さ》ますと、私はマジードのキャンプにいた。墜落《ついらく》から二週間がたっていた。体中がずたずたになっていたらしい。マジードに仕える有能な医師の手厚《てあつ》い看護《かんご》がなければ、私は死んでいたはずだった。その医師は優《やさ》しい声で、『これは奇跡《きせき》だ』と私に言った。

だが、そんな奇跡など望んではいなかった。あのまま死んでいれば、もう苦しむことはなかったのだ。

カシム——サガラ・ソウスケは元のゲリラ部隊に戻《もど》っていた。一度、彼が見舞《みま》いにきた。私が貸《か》してやったイリーナの写真を返し、『すまないが、僕はここで戦って死ぬ』と私に告げていった。

マジードはもっと頻繁《ひんぱん》に見舞いに訪《おとず》れ、私の回復《かいふく》を神《アラー》に祈《いの》ってもくれたが、言っていることはソウスケと同じだった。もはや停戦の見込みはない。われわれはここで戦って死ぬ

だろう、と。

まともに歩けるようになるまで、二か月かかった。

原隊《げんたい》に戻る気持ちは、まったくなかった。祖国は私を裏切《うらぎ》り、私もまた祖国を裏切ったそれに帰ったところで、だれが私を歓迎《かんげい》してくれるというのか？

回復後、私はソウスケの部隊に足を運び、彼に戦いのノウハウを伝授《でんじゅ》することにした。

せめてそうした技術を授《さず》けることさえできれば——そう、生き続けることさえできれば、彼は元通りの世界に帰れるかもしれない。

そう思っていた。その思いにすがっていた。

やがて春が来て、ソ連軍の本格的《ほんかくてき》な攻勢《こうせい》が始まり、マジードの軍はＡＳの前に蹂躙《じゅうりん》されていった。その年のうちに、アフガン紛争《ふんそう》はソ連側の勝利で終わりを告げたのだ。私もそこで死ぬつもりだったが、運命がそれを許さなかった。

私はソウスケと共にアフガンの地獄《じごく》を脱出し、傭兵《ようへい》として各地の戦場を転々《てんてん》とした。ほかにどうしたらいいのか分からなかったのだ。

その間、私はソウスケにたくさんのことを教えていった。いくつかの言語と、戦術に関するあれこれだ。日本語も教えてやった。ひらがなでしか分からなかった彼の名前に、それらしい漢字をあててやったのも私だ。

そうして流れ着いたカンボジアでの戦闘中、私はソウスケとふたたび離《はな》ればなれになり、一人で各地《かくち》をさまよい歩いた。

そして〈ミスリル〉に入ったのだ。

そこで部下になったメリッサ・マオというアメリカ人が、『相良宗介《さがらそうすけ》』を部隊に連れてくる、ちょうど一年前のことだった。

客観的には、まったくの偶然《ぐうぜん》だったといえる。だが、わたしはそれをなんらかの必然《ひつぜん》、なんらかの運命だと考えるようになった。

神の意志なのか？　傲慢《ごうまん》な運命なのか？

私には分からない。彼もまだ知らない。

［了］

〈トゥアハー・デ・ダナン〉号の誕生《たんじょう》

人から『公爵《デューク》』などと大それた通称《つうしょう》で呼ばれることを私が望《のぞ》んでいたかといえば、答えは間違《まちが》いなくノーである。

私、リチャード・ヘンリー・マデューカスは高貴《こうき》な生まれでもなく、賞賛《しょうさん》を浴《あ》びるにたる天賦《てんぷ》の才《さい》を備《そな》えているわけでもない。ただ長い時間をかけて当たり前の知識《ちしき》と技能《ぎのう》を身につけ、必要《ひつよう》なタイミングで必要なことがやれただけの、ごく平凡《へいぼん》な男にすぎない。

バーミンガム近郊《きんこう》の医師の家に生まれた私は、大人向けのパズルや数学的ゲームを好む、内向的《ないこうてき》なのっぽの少年として育った。

スポーツが苦手《にがて》なわけでもなかったが、学校の友人たちと球技《きゅうぎ》をする時間があるくらいならば、できればジョセフ・ブラックバーンの本——手垢《てあか》がついてすり切れかけたチェスの棋譜《きふ》を、もう一度じっくり読んでおきたいと常《つね》に思っていた。不規則《ふきそく》で気ままで乱雑《らんざつ》な友人たちの動きを見るのは、私にとってはあまり楽しい時間ではなかったのだ。それよりはもっとシンプルで美しい要素《ようそ》、すべてが秩序《ちつじょ》だってシステマチックに動いていく形而上《けいじじょう》の世界にこそ私は惹《ひ》かれていた。

そんな私が海軍《かいぐん》に入ろうと決意《けつい》したのも、思えば奇妙《きみょう》な話だった。大海、そしてそこで繰《く》り広げられる戦闘《せんとう》といえば、それこそ無秩序と混沌《こんとん》の支配《しはい》する世界なのだから。広く探してみても、私の家系には職業軍人《しょくぎょうぐんじん》が三人ほどしかいなかった。しかもそれぞれ映像《えいぞう》技術者、気象予報士《きしょうよほうし》、そして軍楽隊《ぐんがくたい》のチューバ奏者《そうしゃ》といった調子《ちょうし》だ（二度に亘《わた》るドイツ人相手の戦争では、もちろん何人もが兵隊となったし、還《かえ》らなかった者も多かったそうだが）。

実際《じっさい》、両親や周囲《しゅうい》の人々は私が普通《ふつう》の大学に進むものだろうと決めてかかっていた。保守的《ほしゅてき》な内科医《ないかい》だった父は私の進路《しんろ》に反対し、『ホーンブロワー提督《ていとく》にでもなるつもりか』と私をなじった。ホレイショー・ホーンブロワーはネルソンの時代――一九世紀初頭《しょとう》の海軍を舞台《ぶたい》にした、フォレスターの小説に登場する架空《かくう》の人物だ。英国人なら知らない者はいないほど有名なヒーローで、彼も医者の息子《むすこ》である。父は皮肉《ひにく》のつもりだったのだろうが、私にはむしろいい目標《もくひょう》のようにさえ思えた。『サー・リチャード・マデューカス提督』と呼ばれるのも、なかなか悪くないではないか。若い私はそう思っていた。

当時の年齢相応《ねんれいそうおう》に、馬鹿《ばか》げた冒険心《ぼうけんしん》のようなものもあったのだろう。また自分が生来《せいらい》持ち合わせていた内向性や空想的《くうそうてき》な志向《しこう》に、ある種の嫌悪《けんお》を感じていたのも事実《じじつ》だったと思う。

いずれにしても、私は海の男を志《こころざ》した。

最後には折《お》れてくれた父親の尽力《じんりょく》と、いくばくかの幸運に恵《めぐ》まれて、私はダートマスの王立海軍大学《おうりつかいぐん》に入ることができた。私のような生まれでは、なかなか手に入れることのできないチャンスだ。もちろん必死《ひっし》に勉強した。初等《しょとう》教育で士《し》官候補生《かんこうほせい》として乗り込んだフリゲート艦《かん》での経験《けいけん》は、厳《きび》しいながらもすばらしいものだったので、私はそのまま水上艦の戦闘士官の道を進みたいと願っていた。

おかしな話だが、潜水艦《せんすいかん》に乗ることなど考えもしなかった。

最近はそういう偏見《へんけん》もなくなってきたが、王立海軍では歴史の浅《あさ》い潜水艦族が『日陰者《ひかげもの》』扱《あつか》いされていた面があるのだ。ここそこと海中にひそみ、敵を闇討《やみう》ちする卑怯《ひきょう》な船。それが潜水艦の伝統的《でんとうてき》イメージだ。若者らしいまっすぐな野心《やしん》を持っていた当時の私としては、日陰者はごめんだった。

しかし、私は潜水艦学校への道に進まざるをえなかった。

そうなるに至《いた》った細かい事情《じじょう》について、ここで今さらあれこれ述《の》べるつもりはないが、私はこの進路にかなり落胆《らくたん》した。私に遠く及《およ》ばない成績だった同期《どうき》の友人——とある男爵《だんしゃく》の次男——は、希望通りの水上艦勤務《きんむ》に進んでいたのだ。

しかるに、私ときたら。

凡庸《ぼんよう》な医師の凡庸な息子には、そういう船がお似合《にあ》いだ——そう言われているような気がして、私の自尊心《じそんしん》はひどく傷つけられた。

だがいま思えば、あの一件が私をより一層《いっそう》の努力に駆《か》り立てたのだと思う。潜水艦という船は、私にとってうってつけの兵器システムでもあった。私が想像していたよりも、水中戦の世界ははるかに複雑《ふくざつ》で、また同時にボードゲームに似たシンプルさと公正さを備《そな》えていた。そして冷戦《れいせん》という特殊《とくしゅ》な脅威《きょうい》の中では、海軍戦力の主役はほかでもない、潜水艦にあったのだ。愚《おろ》かな若造が抱《いだ》いていた『日陰者という偏見』はあっという間に過去《かこ》のものとなり、私はその職場《しょくば》に夢中《むちゅう》になった。

リーダーシップの面ではお世辞《せじ》にも才能《さいのう》に恵まれていたとはいえなかったが、工学的素養《そよう》と各種戦術《かくしゅせんじゅつ》については、私にもそれなりのものがあったらしい。私は一歩ずつ前進していき、どうにかひとかどの戦闘士官になることができた。

自分がホーンブロワーにはなれないことなど、とうの昔に悟《さと》っていた。だがそれでも私は満足だった。

フォークランド紛争《ふんそう》ではあの攻撃原潜《こうげきげんせん》〈コンカラー〉の副長《ふくちょう》を務《つと》めていた。〈コンカラー〉はとりたてて新しい艦《ふね》ではなかったが、アルゼンチン海軍の巡洋艦《じゅんようかん》〈ヘネラル・ベルグラノ〉を三発の無誘導魚雷《むゆうどうぎょらい》で撃沈《げきちん》する戦果《せんか》を収《おさ》めた（命中したのは二発だったが）。これは公式《こうしき》に記録された海戦史上の『原潜による初の戦果』になる。そう、ディーゼル潜水艦が激《はげ》しい戦いを繰《く》り広げていた第二次大戦の時代とは異《こと》なり、冷戦時代は一《いっ》般《ぱん》の人々が思っているほど派手《はで》な海戦はなかったのだ。

歴史の闇《やみ》に隠《かく》された、『なかったことにされた戦闘』ということならば、おそらくだが——過去にもあったのだろう。私もそういう噂《うわさ》は聞いたことがあったが、とにかく世間《せけん》に知られている戦闘としては〈コンカラー〉は大変な戦果を初めて収めた艦《ふね》としていまでも知られている。

もっとも、その攻撃成功の直後がひどかった。

復讐心《ふくしゅうしん》に駆られたアルゼンチン海軍が何隻《なんせき》もの水上艦をわれわれの頭上に展開させ、あらん限りの爆雷《ばくらい》をばらまいたのだ。

周囲で次々に爆雷が炸裂《さくれつ》し、恐《おそ》ろしい爆音と衝撃《しょうげき》が、ただでさえすさまじい水圧《すいあつ》にくじけかけている艦体を引き裂《さ》こうと襲《おそ》いかかった。訓練《くんれん》や任務《にんむ》中の事故で死にかけたことは何度かあったが、あのときほど死を身近《みぢか》に感じたことはそれまでなかった。

だがその戦闘のさなかで、私は自分の中にあるユニークな特質《とくしつ》に初めて気付いた。

集中力。

それもきわめて冷たく、世界のすべてを客観視《きゃっかんし》できる集中力だ。

あの感覚を言葉で説明するのは難《むずか》しい。ああしたとき、私は自分の命さえも、ニュースに映《うつ》る地球の裏側で起きた惨事《さんじ》の被《ひ》災者《さいしゃ》のそれと同様《どうよう》にしか感じられなくなる。宇宙《うちゅう》のすべてはチェス盤《ばん》の駒《こま》になり、私はそれを盤上からゆっくりと眺《なが》めている。もちろんゲームのルールは心得《こころえ》ており、何十手も先まで予想がつくのだ。

駒を動かしたくてうずうずしたが、あいにく私は副長だった。

艦長のブラウン中佐《ちゅうさ》は経験《けいけん》豊かで聡明《そうめい》、尊敬《そんけい》すべき指揮官《しきかん》であり、彼の操艦《そうかん》はおおむね正しかった――いや、完全に正しかった。結果として〈コンカラー〉はただ一人の負傷者《ふしょうしゃ》も出さずに敵の手から脱出《だっしゅつ》することができたのだから。

だが、それでも私はあの戦闘《せんとう》に物足《ものた》りなさを感じていた。少々難しい方法だったが、やろうと思えばもう一隻『食って』やることができると確信《かくしん》していたのだ。まったく傲慢《ごうまん》で、身の程《ほど》をわきまえない考えだとは分かっていたので、発令所《はつれいじょ》の艦長のそばで不満が顔に出ないようにするのは大変な苦労だった。

〈コンカラー〉が安全な海域《かいいき》まで逃《に》げおおせると、ブラウン艦長は緊張《きんちょう》をとき、初めて私を見て眉《まゆ》をひそめた。

（ミスタ・マデューカス。なんだその帽子《ぼうし》は）

指摘《してき》されて初めて気付いた。

どういうわけだか、私は自分の制帽《せいぼう》を前後さかさまにかぶっていた。いつのまにか自分で無意識《むいしき》にそうしていたのだ。

乗員《じょういん》たちに厳《きび》しい規律《きりつ》を強《し》いる立場にいながら、そんな真似《まね》をしてしまったことを、私はひどく恥《は》じ入った。クルーたちは私のような男でも爆雷の攻撃で恐慌《きょうこう》をきたすのだと思いこみ、前ほど私の叱責《しっせき》を恐《おそ》れなくなってしまった。

この奇妙《きみょう》な癖《くせ》はいまでも直っていない。

戦闘や演習《えんしゅう》に全神経《しんけい》を集中させ、狙《ねら》い通りの勝利を収《おさ》めたときには、いつも気が付くと帽子が逆《ぎゃく》になっているのだ。そのたびに私は部下の前でばつの悪い思いをしながら、帽子を元《もと》に戻している。

フォークランドの戦いのあと、私は『ペリッシャー』と呼ばれる潜水艦指揮官養成《ようせい》コースの狭《せま》き門をくぐり、運良く〈スパルタン〉という艦の指揮官に就任《しゅうにん》することができた。その艦でも文字通りスパルタ式の試練《しれん》が次から次へと私に襲いかかってきたが、それらをどうにか乗り越え、さらにいくつかの成果を収めたおかげか、わずか数年後には当時最新《さいしん》鋭《えい》だった攻撃原潜の艦長に抜擢《ばってき》されることになった。

トラファルガー級、S—87〈タービュラント〉。

アメリカ海軍のカール・テスタロッサ中佐と出会ったとき、私はあの攻撃原潜《ハンター・キラー》の艦長だった。

あの事件は八〇年代の半ば、季節は厳《きび》しい冬のことだった。

いまでもそれは続いているのだろう。八〇年代当時も、イギリスとアメリカの潜水艦部隊は、ソビエト軍の戦略《せんりゃく》原潜を休むことなく監視《かんし》、追跡《ついせき》していた。

わかりやすくたとえるならば、戦略原潜は『爆撃機』のようなものだ。図体《ずうたい》はでかく、強大な破壊力《はかいりょく》を秘《ひ》めている。対するに〈タービュラント〉のような攻撃原潜は、『戦闘機』にあたる。もっと小振《こぶ》りだが小回りが利《き》き、敵艦船《てきかんせん》を撃破《げきは》することを目的《もくてき》に設計《せっけい》されている。

ソビエトの戦略原潜――つまり『爆撃機』は強力な多弾頭《ただんとう》方式の戦略核《せんりゃくかく》ミサイルを多数搭載《とうさい》しており、ひとたび命令が下れば、英国本土に断固《だんこ》たる核攻撃を行うことができる。われわれは狂気《きょうき》に駆《か》られたロシア人たちが数千万の国民を焼《や》き殺そうとする前に、すばやくその敵艦を海の藻屑《もくず》にできるよう、常《つね》に目を光らせ、また耳を澄《す》ましていた。

明らかに弱体化《じゃくたいか》の進んでいる現在のソ連海軍に比《くら》べて、当時の彼らははるかに強大だった。あのころのソ連側が保有《ほゆう》する戦略原潜は、判明《はんめい》している限りで七〇隻《せき》。対するに、それを狩《か》るためのアメリカ側の攻撃原潜は七二隻で、われわれ英国海軍の攻撃原潜を合わせてもせいぜい九〇隻弱だった。攻撃原潜にはこちらの艦隊の護衛《ごえい》任務やその他無数《むすう》の任務があるため、すべてを割《わ》り当てることはできない。敵の脅威《きょうい》に万全《ばんぜん》をもってあたるには、こちらの数はあまりにも少なすぎた。

むろん、戦略というものはそんな単純《たんじゅん》な数字の優劣《ゆうれつ》で計《はか》れるものではない。われわれは常日頃《つねひごろ》から工夫《くふう》を重ねていたし、ソビエトの戦略原潜の稼働率《かどうりつ》自体《たい》も、ロナルド・レーガンやマーガレット・サッチャーが恐《おそ》れているほど大きくはなかった。

そして私の――いや女王陛下の〈タービュラント〉《HMS》は、ぴかぴかの最新鋭艦だった。およそ一八〇年ほど前に就役《しゅうえき》していたブリッグ艇《てい》――小型の帆船《はんせん》にすぎなかった初代〈タービュラント〉から数えて、この攻撃原潜《ハンター・キラー》は五代目の〈タービュラント〉にあたる。洗練《せんれん》された核分裂炉《かくぶんれつろ》、新機軸《しんきじく》のポンプジェット推進《すいしん》、精緻《せいち》をきわめるソナーと攻撃システム。初代の〈タービュラント〉から見れば、この艦はほとんど宇宙戦艦のようなものだった。

あの日――

私の指揮する〈タービュラント〉は、ノルウェー領《りょう》スヴァールバル諸島《しょとう》の南西数百マイルの海域《かいいき》を航行《こうこう》していた。哨戒《しょうかい》任務とポンプジェット推進のテストを兼《か》ねて北極海を巡回《じゅんかい》したあと、ソビエトのヴィクターIII級を捕捉《ほそく》し、その艦がバレンツ海の母港へと帰還《きかん》していくのを見届《みとど》けた帰り道のことだ。

発端《ほったん》は偶然《ぐうぜん》に近いものだった。

GMT（グリニッジ標準時《ひょうじゅんじ》）で〇五三〇時ごろ、当直士官の使いが就寝中《しゅうしん》の私を起こしにきた。

艦の推進系に小さなトラブルが発生したのだという。とあるコンプレッサーを支える緩衝《かんしょう》用ダンパーの一つが故障《こしょう》しただけだったのだが、放《ほう》っておくといずれひどい雑音《ざつおん》を周辺海域にまき散《ち》らすことになる。潜水艦《せんすいかん》にとって静粛性《せいしゅくせい》はもっとも重要な性能《せいのう》の一つだ。艦が静かであればあるほど、敵から発見される危険《きけん》が減《へ》る。

母港に帰り着くまでだましだまし運用《うんよう》できるかどうかは微妙《びみょう》なところだったし、修理《しゅうり》そのものはそう時間のかかる作業でもない。

私は大事《だいじ》をとって艦を静止《せいし》させ、問題の箇所《かしょ》に応急処置《おうきゅうしょち》を施《ほどこ》すよう命じ、ついでに他の部署《ぶしょ》にも総点検《そうてんけん》をさせておくことにした。無関係《むかんけい》と思われる小さな故障が、なにか重大なトラブルの前兆《ぜんちょう》であった例は枚挙《まいきょ》にいとまがない。だが作業そのものは滞《とどこお》りなく行われ、けっきょくそのダンパー以外の異常《いじょう》はなかった。

そのおり、ソナー室が新たな目標《もくひょう》を探知《たんち》したと告げた。

それは非常《ひじょう》に遠く微弱《びじゃく》なスクリュー音で、おそらくはソビエトの戦略原潜のものだろうと推測された。ああして偶然、修理のために艦を静止させていなかったら、ソナー員も見《み》逃《のが》していたことだろう。その目標は南下《なんか》している様子で――つまり英国本土に接近《せっきん》していた。私は修理が済むやいなや、そのソビエト原潜を追跡《ついせき》させた。

二〇マイル程度《ていど》まで接近し、より明確《めいかく》な音響《おんきょう》データを収集《しゅうしゅう》すると、相手の正体がだんだんと推測できるようになってきた。デルタIII級の音響特性《とくせい》に近かったが、データにはない艦《かん》だった。

(ひょっとすると、これはデルタIIIの新型かもしれません)

ソナー員が言った。

私も同じ考えだった。そのころソビエト海軍は世界最大の潜水艦――タイフーン級をすでに建造《けんぞう》していたが、これはいささか野心的《やしんてき》すぎる設計《せっけい》の艦で、まだ本格的《ほんかくてき》な運用段階《だんかい》に入っているとは考えられていなかった。ソビエトの水中核《かく》戦力の実質的《じっしつてき》な中核は、もっと手堅《てがた》い設計で運用実績もあるデルタ級と見なされており、その最新タイプがそのデルタIII級だった。

あとで知ったことだが、その艦はのちに『デルタIV級』と呼ばれることになるソビエトの最新鋭艦《さいしんえいかん》だった。

いずれにせよ、わが〈タービュラント〉は大物《おおもの》を見つけた。可能《かのう》な限りつけまわして、とれる限りのデータを収集するのは当然の義務《ぎむ》だ。私は新型デルタの追跡の許可《きょか》をとるため、艦を潜望鏡深度《せんぼうきようしんど》まで浮上《ふじよう》させ、艦隊司令部《しれいぶ》への通信を行った。司令部はそれをすぐに許可した。

新型デルタは変温層《サーモ・レイヤー》の下を進んでいる。変温層とは、海中の温度が急激《きゆうげき》に変化する深度の領域《りよういき》のことを指す。乱暴《らんぼう》な説明をしてしまえば、この変温層が海中の音響を『遮断《しやだん》』してしまうため、海中には『上の層』と『下の層』があるようなものだと思えばいい。同じ層にいる艦同士は、互《たが》いを発見しやすいが、別の層にいる艦は相手のスクリュー音をなかなか探知《たんち》できない。本来《ほんらい》ならば塩分濃度《のうど》や周波帯《しゆうはたい》との相関《そうかん》、復調雑音《ふくちようざつおん》や音響の伝播《でんぱ》性質について、いくつかの方程式《ほうていしき》を示《しめ》しながら、もうすこしまともな説明をしたいところなのだが――

いやいや。

正確さを期《き》するために、ついつい話が長くなって相手を退屈《たいくつ》させてしまうのが私の欠点の一つだ。技術的問題については本題から外れるので、ここでは我慢《がまん》しておこう。

つまりだ。

私の指揮する〈タービュラント〉は、問題の『新型デルタ』に忍《しの》び寄った。

知っておくべきはそれだけでいい。

新型デルタに接近すると――おおむね一〇マイル程度だっただろうか――私は艦の速度

を落とし（つまり艦の騒音《そうおん》を減《へ》らし）、相手のいる変温層の下に降りていった。

（やはりもどかしい。私はもっとたくさんの専門的要素《せんもんてきようそ》を複雑に勘案《かんあん》し、その上で相手に巧妙《こうみょう》に接近したのだ。決して……決して、右に書いたような雑《ざつ》な接近をしたわけではない。そのあたりは察《さっ》していただきたい）

変温層を降りると、もう一隻《せき》の潜水艦があの『新型デルタ』を追跡していることを探知した。その艦はきわめて静粛だったため、こちらのソナーでもぎりぎりまで気付くことができなかったのだ。

もう一隻の追跡者は、アメリカ海軍のロサンジェルス級攻撃原潜だった。

SSN—700〈ダラス〉。

アメリカ海軍を演習《えんしゅう》で一泡《ひとあわ》吹かせてやったことは何度もあったが、もちろん彼らは味方である。とはいえ〈ダラス〉とやりあった経験はなく、艦長の名前も知らなかった。

向こうもこちらの存在に気付いたようだったが、息をひそめてソビエト艦を追跡している者同士、なにかのやりとりを交《か》わす必要などなにもない。〈タービュラント〉と〈ダラス〉は互いに五マイルほどの距離《きょり》を保ったまま、新型デルタを尾行《びこう》し、それはおよそ二〇時間ほど続いた。

ソビエトの戦略原潜は追跡者の有無《うむ》を探《さぐ》るために、ときおり危険で急な一八〇度回頭《かいとう》を行うことがあり――『クレイジー・イワン』と呼ばれていた――そのため、われわれは絶《た》えず緊張《きんちょう》にさらされていた。〈ダラス〉の存在も鬱陶《うっとう》しかった。だれが操艦《そうかん》しているのか知らないが、もしアメリカ人たちがへまをやれば、私の追跡までとばっちりを食らうのだ。もっとも、向こうも同様に思っていたことだろう。

新型デルタは英国本土にまっすぐ向かうルートをとっていた。それまでの戦略原潜の行動から考えると、不自然な航路《こうろ》だ。もうすこし進めば、彼らの搭載《とうさい》している核ミサイルがロンドンすら射程《しゃてい》にとらえてしまう。単独《たんどく》行動なのも妙《みょう》だった。こうした場合、戦略原潜は味方の攻撃原潜を一ないし二隻ほど護衛《ごえい》として随伴《ずいはん》させている例がほとんどなのだ。だが護衛の攻撃原潜は、周辺の海にまったく存在しない。

私は強い胸騒《むなさわ》ぎを覚えた。

亡命《ぼうめい》目的か。それとも――

さらにすこしたって、目標に新たな動きがあった。新型デルタは艦内の弾道《だんどう》ミサイルに、液体燃料《えきたいねんりょう》を充填《じゅうてん》している。艦首《かんしゅ》ソナーがそれをとらえ、私はその音をソナー員から受け取ったヘッドセットで確かに聞いた。

核ミサイルの発射準備をしているのだ。

にわかには信じがたいことだった。ここ数週間、ソビエト軍とワルシャワ条約機構軍《じょうやくきこうぐん》に目立った動きはなかったし、ゴルバチョフ書記長はペレストロイカを推進《すいしん》し西側との対話《たいわ》を模索《もさく》していた。ここで西側に核戦争をしかける意味などまったくない。

そのおり、通信士官がVLSアンテナから指令を受け取った。司令部の命令は簡潔《かんけつ》だが、ぞっとする内容だった。

《貴艦《きかん》が追跡中の新型デルタをただちに撃沈《げきちん》せよ。これはすべてにおいて優先される》

もはや彼らが本気だと考えるよりなかった。

あの戦略原潜は、英国本土を核攻撃《こうげき》しようとしている。その確《かく》たる情報を、司令部は別のルートからつかんだのだ。

新型デルタの艦長が何らかの狂気《きょうき》にとりつかれたのか、またはソビエト軍部の急進的《きゅうしんてき》なタカ派勢力《はせいりょく》からそうした命令を受けていたのか――いまもって真相《しんそう》はわからない。

もはや一刻《いっこく》の猶予《ゆうよ》もない。

『敵』が核ミサイルの発射準備《じゅんび》を終えるのは時間の問題だ。私は部下に戦闘配置《せんとうはいち》を命じ、敵を確実にしとめるべく、さらなる接近を試《こころ》みた。

一方の〈ダラス〉も動いていた。向こうも燃料充填の音を探知していただろうし、われわれと同様の命令を受け取っていたのかもしれない。〈ダラス〉はわれわれよりも静粛性《せいしゅくせい》に優《すぐ》れているため、一歩先んじて攻撃位置につこうとしていた。私はそれを尊重《そんちょう》し、援護《えんご》に回るつもりだった。

場合が場合だ。手柄《てがら》を焦《あせ》るような考えはないし、こちらが速力を上げることで敵に存在を察知《さっち》される危険の方が恐《おそ》ろしい。

だがその新型デルタの艦長は、たとえ狂気に駆《か》られていたとしても恐ろしく有能《ゆうのう》な男のようだった。また、艦のソナーの性能《せいのう》もわれわれの予想を超《こ》えていた。いつから悟《さと》られていたのかは分からなかったが、敵は〈ダラス〉の追尾を察知していたのだ。

〈ダラス〉が接近すると、敵は変温層ぎりぎりの深度で針路《しんろ》を変更《へんこう》した。それを受けて〈ダラス〉も〈タービュラント〉も針路を修正《しゅうせい》した。そのとき、敵のスクリュー音が一時的に途絶《とだ》えた。変温層と暖流《だんりゅう》の切れ目とを利用して、姿《すがた》を消したのだ。消えていたのはわずか一分くらいだったと思う。次にわれわれが敵を探知したときには、その新型デルタは回頭を済ませ、猛然《もうぜん》と〈ダラス〉に襲《おそ》いかかっているところだった。

敵の魚雷《ぎょらい》発射管に注水音《ちゅうすい》。

核ミサイルの発射より先に、こちらを片づけるつもりだ。不意《ふい》を打たれた〈ダラス〉はまだ攻撃態勢《たいせい》に入っていない。

攻撃ソナーの探針音《ピン》が一発。

あのコーンという甲高《かんだか》い音が艦内に響《ひび》き、続いて岩かなにかが金属に当たったようなドーンという重い反響音《はんきょうおん》が聞こえた。

敵が〈ダラス〉に魚雷を二本、発射した。

遅《おく》れて〈ダラス〉も反撃《はんげき》した。Mk48魚雷を一本。続いて〈ダラス〉は取《と》り舵《かじ》、増速《ぞうそく》。回避《かいひ》運動をとりつつ、囮《おとり》の対抗手段《カウンター・メジャー》を射出。〈ダラス〉は一本の敵魚雷をかわすことに成功したが、もう一本が至近《しきん》距離で爆発《ばくはつ》した。

正直にいって、あのとき〈ダラス〉はおしまいだと思った。

あそこまで完璧《かんぺき》な不意《ふい》打ちを受けて、逃《のが》れうる艦はほとんどいない。一本目を避《よ》けただけでも、〈ダラス〉艦長の腕《うで》は相当《そうとう》なものだ。

だが、〈ダラス〉は沈《しず》んでいなかった。ある程度のダメージは受けていたようだが、すさまじい爆発後のノイズの向こうで、弱々しいスクリュー音があった。

敵の新型デルタも魚雷を回避していた。〈ダラス〉の反撃は苦しまぎれのものだったので、高性能《こうせいのう》を誇《ほこ》るMk48魚雷でもとらえきれなかったのだろう。

至近距離での爆発で、損害制御《そんがいせいぎょ》に手《て》一杯《いっぱい》の〈ダラス〉。とどめを刺《さ》そうと再攻撃の態勢に入る新型デルタ。

もはや是非《ぜひ》もない。私の出番《でばん》だ。

敵の誤算《ごさん》は第二の追跡者、〈タービュラント〉の存在を知らなかったことだった。私は隠《かく》れ蓑《みの》にしていた変温層のヴェールからを艦を出して増速させ、〈ダラス〉と敵との間に割って入る針路をとった。

ポンプジェット推進の〈タービュラント〉の音響特性について、敵はほとんど情報を持っていなかったはずだ。新しい敵艦が姿を見せたことだけは分かっただろうが、その距離、速度を推定《すいてい》する時間はなかった。なにより私が与《あた》えなかった。

タイガーフィッシュ魚雷の装填と発射準備は済んでいる。敵艦に魚雷を撃《う》つのは、艦長としては生まれて初めての経験だったわけなのだが、私は微塵《みじん》も躊躇《ちゅうちょ》しなかった。

一番、二番から発射。

敵も魚雷を発射した。損害制御でまともに動けない〈ダラス〉に向けてだ。充分《じゅうぶん》な位置がつかめていないこちらに発射するよりは、当初の目標にとどめを刺すことを優先したのだろう。

私は〈ダラス〉をかばえる位置にある。危険を冒《おか》してでも〈ダラス〉を守れば、助かったとしても次のこちらからの攻撃は大幅《おおはば》に遅《おく》れる。そうすれば敵は――私の撃った魚雷をかわすことさえできれば――完全にイニシアチブを取り戻《もど》せる。敵が〈ダラス〉を撃ったのは二重の狙《ねら》いだ。まったく、敵艦長は抜《ぬ》け目のない男だった。

そこで聞いたあの音を、私はいまでもよく覚えている。それは〈ダラス〉が発した攻撃ソナーの音だった。

攻撃ソナーの照射《しょうしゃ》は、この段階《だんかい》ではもはや意味のない行動だ。だがあれは敵を探《さぐ》るためのものではなく、私へのメッセージなのだとすぐに分かった。『推進はまともにできないが、敵への攻撃はまだできる』と、〈ダラス〉の艦長は私に訴《うった》えていたのだ。

私は海図《かいず》をにらんだまま、〈ダラス〉艦長の考えを想像《そうぞう》した。彼がどう望んでいるかは明らかだった。

こちらに迫《せま》る魚雷をなんとかしてくれ。

そうしたら、自分が敵をしとめてみせる。

〈ダラス〉の艦長がどんな男か知らないし、どれほどの力を持っているのかも私には分からなかった。

決断《けつだん》の瞬間《しゅんかん》は迫《せま》っている。

冷酷《れいこく》に〈ダラス〉を見捨《みす》て、敵への攻撃を続行《ぞっこう》するべきか？

〈ダラス〉をかばい、敵への攻撃を彼らにゆだねるべきか？

損害を受け、まともな機動《きどう》もできない状態《じょうたい》で、ただ攻撃ソナーを鳴《な》らしただけの〈ダラス〉を信用するのか……？

「いいだろう」

私はつぶやき、敵魚雷と〈ダラス〉との間に自艦《じかん》〈タービュラント〉を割り込ませるよう命令した。その危険についても、よく分かっていた。

一秒一秒がひどく長く感じる戦闘《せんとう》だった。

目論見《もくろみ》通り、敵魚雷はこちらに向かってきた。私は艦を増速させ、魚雷をたっぷり引きつけてから、囮の対抗手段《カウンター・メジャー》を射出し、できうる限りの回避運動をとった。

それでも敵魚雷は〈タービュラント〉のそばで爆発した。フォークランドでの〈コンカラー〉のときの爆雷《ばくらい》攻撃など、ものの数ではない衝撃《しょうげき》が艦を襲った。私は尻《しり》をけとばされたようにバランスを崩《くず》し、発令所のコンソール・パネルに背中からぶつかった。他の乗員も似たり寄ったりで、床《ゆか》に這《は》いつくばったり、座席から転げ落ちたりしていた。

損害制御士官が矢継《やつ》ぎ早《ばや》に報告する。

電気系統《けいとう》に損傷《そんしょう》。いくつかの区画に浸水《しんすい》。

ベント弁《べん》が故障《こしょう》。二か所で火災《かさい》が発生。

警報《けいほう》と怒号《どごう》が飛び交《か》う中で、それでもソナー員が報告した。敵原潜《げんせん》はこちらの魚雷を二本とも回避したと。ろくでなしのタイガーフィッシュ魚雷。ブラウン艦長がフォークランドであれを使うのを渋《しぶ》って、旧式《きゅうしき》の無誘導《むゆうどう》魚雷を使ったのは、まったく正しかった。

だが、続く敵の攻撃はなかった。

私が敵魚雷の相手をしている間に、〈ダラス〉が発射していた魚雷が、今度こそ的確《てきかく》に敵の新型デルタに命中したのだ。

二度の爆発音が海中に響《ひび》き渡《わた》り、敵艦の船殻《せんかく》がきしむ音がした。膨大《ぼうだい》な量の気泡《きほう》の音。小さな爆発を繰《く》り返しながら、敵艦はゆっくりと沈んでいく。

その深度《しんど》が八〇〇を越《こ》えた。

水圧《すいあつ》が限界《げんかい》に達《たっ》し、金属《きんぞく》がひしゃげ、もう一度大きな爆発が起きた。ばらばらになった敵艦の船体が、数千メートルの海底へと墜《お》ちていく音を聞くのはあまり気分のいいものではなかった。たとえ核攻撃《かくこうげき》の準備を行い、こちらを殺そうと攻撃を仕掛《しか》けてきたとはいえ、あの艦には百数十名の若者が乗り組んでいたのだから。

戦闘は終わった。

私は副長の視線《しせん》を感じて、例によって前後さかさまになっていた制帽《せいぼう》を元に戻《もど》した。

さいわい、こちらの損害は覚悟《かくご》していたほど深刻《しんこく》ではなかった。重軽傷者は六名。骨折《こっせつ》や打撲《だぼく》、軽度《けいど》の火傷《やけど》などで、生命に別状《べつじょう》はなかった。消火作業は無事《ぶじ》終わり、浸水箇所《しんすいかしょ》も応急処置が済み、その他の損傷箇所も修理が行われた。

〈ダラス〉の損害もひどいものではなかったようで、こちらの損害制御の終了《しゅうりょう》とほぼ同じころに、機動能力を復旧《ふっきゅう》させていた。どうやらお互《たが》い、独力で帰《き》還《かん》することはできそうだ。ゆっくりと〈ダラス〉が接近してきた。潜望鏡深度《せんぼうきょうしんど》。およそ五〇〇メートルの距離《きょり》で併《へい》走《そう》している。

向こうから水中電話で呼びかけがきた。水中電話はごく短い距離でしか使えないので、〈ダラス〉が接近してきたのはそのためだった。私と話がしたかったのだろう。

『こちらはUSS〈ダラス〉。艦長のカール・テスタロッサ中佐《ちゅうさ》です。聞こえますか？』

男の声はよく通る声で、どこか優雅《ゆうが》な響きだった。軍艦の指揮官というよりは、シェイクスピアの舞《ぶ》台《たい》俳優を彷彿《ほうふつ》とさせる感じだ。

一方の私は、どうにも陰気《いんき》でエレガントさなどかけらもないだみ声なので、応答《おうとう》するのはいささか気がひけた。

「感度良好《かんどりょうこう》。こちらはHMS〈タービュラント〉。艦長のリチャード・マデューカス中佐です。貴《き》艦《かん》は単独《たんどく》で航行《こうこう》が可能でしょうか？」

『肯定《こうてい》です。本艦は自力で帰還できると判断《はんだん》しております。お気《き》遣《づか》いに感謝します。そちらはいかがでしょうか？』

「こちらも問題ありません」

『ああ、よかった』

カール・テスタロッサ艦長は電話の向こうでため息をもらした。

『せめて一言、お礼が言いたかったのです、マデューカス艦長。こちらの攻撃ソナーだけで、あそこまで行動していただけるかどうかは、私の賭《か》けでしたので。本当にありがとうございました。合衆国《がっしゅうこく》政府と私のクルーに代わって、深く感謝いたします』

なんとも馬鹿《ばか》丁寧《ていねい》な謝辞《しゃじ》だったが、慇懃無礼《いんぎんぶれい》というわけでもない。彼は本当に私に感謝しているのだ。自分たちが海の主役だと思いこんでいるアメリカ人にしては、えらく誠実で謙虚《けんきょ》な態度《たいど》だった。なにしろ私は彼らを、『ありがとよ、カウボーイ。また会おうぜ』だのと言って、派手《はで》に去っていくような連中だと思っていた。

むしろ私は当惑《とうわく》してしまって、ぎくしゃくとした型どおりの返事をするのがやっとだった。

「こちらこそ感謝しております。これからの貴艦の航海《こうかい》の無事を祈《いの》っております」

『私も同様に祈っております。いずれ陸《おか》で直接お会いしたいものですね。そのときは、ぜひ妻の手料理でもごちそうさせてください』

「はい、喜んで」

『それでは、ごきげんよう。……セイラー中尉《ちゅうい》、面舵《おもかじ》だ。針路を二六〇に――』

電話の向こうで部下に命令を下す声と、野太《のぶと》い『アイ・アイ・サー』の声。水中電話はほどなく切れた。

そして〈ダラス〉は去っていった。


予想通り、この事件はまったく世界に知られることなく終わった。われわれが沈《しず》めたデルタⅣ級は事故で行方不明《ゆくえふめい》になったとされ、〈タービュラント〉の乗員たちには厳《きび》しい箝《かん》口令《こうれい》がしかれた。私の報告書《ほうこくしょ》も最高機密扱《きみつあつか》いとされ、あと五〇年は公開されないことになっている。

あの敵艦が本気で核を発射しようとしていたのか、それはいまだに分からない。おそらく、分かるのは海の藻屑《もくず》となったあの艦の乗組員だけなのだろう。

テスタロッサ中佐と再会する機会《きかい》は、思いのほか早く訪《おとず》れた。

戦闘で損傷を受けた〈タービュラント〉の修理と再艤装《さいぎそう》には半年ほどかかり、私はその合間《あいま》にある技術的な用件でアメリカ東海岸にある造船企業《ぞうせんきぎょう》を訪れることになった。手紙でテスタロッサ中佐にその件を伝えると、彼は喜び、私をポーツマスにある自宅に招待してくれた。

私はそこで、あの少女に出会ったのだ。

まだ五歳《さい》かそこらのレディだった。大きな灰色の瞳《ひとみ》と、羽毛《うもう》のようなアッシュブロンド。私の長身に少しおびえながらも、彼女は行儀《ぎょうぎ》よく、しかし気取った調子《ちょうし》で挨拶《あいさつ》してくれた。

まさかその少女に敬礼《けいれい》する日がやってくるなどとは、神ならぬ私には想像もつかないことだった。

●

初めて会ったカール・テスタロッサ中佐は中肉中背《ちゅうにくちゅうぜい》、物静《ものしず》かでハンサムな男だった。年齢《ねんれい》は私と同じかすこし下といったところか。声から想像した通りのエレガントな風貌《ふうぼう》で、いつも控《ひか》えめで慎重《しんちょう》な微笑《びしょう》を浮《う》かべていた。深い灰色の瞳はどこか遠く――ずっと遠くを見ているようだったが、船乗りのだれもが備えている確固《かっこ》たる意志《いし》の強さも備えていた。

彼のもとにはわずか一泊《いっぱく》しただけだったが、私はその経験をごく普通《ふつう》に楽しんだ。カール・テスタロッサの自宅はポーツマスの郊外《こうがい》にあり、裏の松林を抜《ぬ》けると崖《がけ》の上から北大西洋の大海原《おおうなばら》を眺望《ちょうぼう》することができた。すこしの早起きと散歩《さんぽ》だけで水平線を輝《かがや》かせる日の出が拝《おが》めるのだ。

住居は古いが手入れが行き届いていて、春に芽吹《めぶ》いた草花に囲《かこ》まれ、穏《おだ》やかな静寂《せいじゃく》と鳥のさえずり、遠くで響く波濤《はとう》の音が心地《ここち》よかった。これで近くの街までは歩いて三〇分、彼が勤務《きんむ》する海軍基地《きち》までも、車で二〇分かからないというのだから、うらやましい限りだった。

彼の夫人マリアは物静かな淑女《しゅくじょ》だった。柔和《にゅうわ》で優雅《ゆうが》な微笑《びしょう》。家庭的な雰囲気《ふんいき》で、灰色がかった美しいブロンドの持ち主。テレサ・テスタロッサがもっと穏やかな環境《かんきょう》でこれからの人生を過《す》ごせたら、ちょうどあんな感じになることだろう。

その細君《さいくん》の手料理は——なるほど、彼が自慢《じまん》するのもうなずけるものだった。蒸鶏肉《むしとりにく》のバジルソースと、とろけそうな舌触《したざわ》りのミート・パテ。メーンディッシュは子羊のロースとで、ほんのりとかぐわしい香草仕立《こうそうじた》てだった。

おいしい料理を口にしたときの人間というのは、どうしてもその心持ちを隠《かく》しきれないものなのだろう。来訪《らいほう》してからずっと折《お》り目正しく物静かにしていた私が、両目を見開いて『すばらしい』とつぶやくと、テスタロッサ中佐とその夫人はおかしそうに笑った。つられて私も笑い、いちばん最後にテレサ嬢《じょう》が笑った。あの幼い少女はどこか私の顔色をうかがっているようなところがあったのだ。

(頭のいい子なんですよ)

夕食後、松林に面したテラスのデッキチェアに腰《こし》かけ、二人きりでウィスキーを楽しんでいる時に、テスタロッサ中佐は言った。テレサは母親と一緒《いっしょ》に夕食の後かたづけをしているところだった。

(いや、親バカとかいう話でもないのです。実際《じっさい》、妙《みょう》でしてね。まだ小学校にも通っていないのに、私の蔵書《ぞうしょ》を読みあさっていまして。詩文《しぶん》や戯曲《ぎきょく》くらいならまだ分かるのですが、数学や工学の本なんです。試《ため》しに何度か、そこらの大学院生でも解《と》けないような難問《なんもん》をやらせてみたんですが……クロスワードかなにかでも楽しむみたいに、次々と正解を連発するんですよ。言語もすごい。いまのところ、彼らは英語のほかにイタリア語とドイツ語、ラテン語とフランス語まで読めます。いまはロシア語に挑戦《ちょうせん》中でね)

母国語のほかはロシア語(敵の言語だ。仕方《しかた》なく勉強した)がかろうじて読み書きできる程度の私にとっては、驚《おどろ》くよりほかなかった。間違《まちが》いなく彼女は天才だ。

しかし私にはもうひとつ気になることがあった。

(いま『彼ら』とおっしゃいましたな。失礼かもしれませんが、ほかにご子息《しそく》が?)

私がたずねると、テスタロッサ中佐は渋面《じゅうめん》をつくり、すこしの間押《お》し黙《だま》った。

(ええ。むしろ無礼《ぶれい》になるかと思って黙っていたのですが、テレサだけでなく息子もいるんです。双子《ふたご》でしてね。テレサもはにかみ屋なんですが、レナードはそれに輪《わ》をかけて人見知りするたちでして。今夜も同席するよう叱ったのですが、けっきょくよそに行ってしまいました。公私共に世話《せわ》になっているボーダという上官がいて、今夜は彼の家にやっかいになっています。水上艦乗りなんですが、話は分かる男でしてね）

ボーダ提督《ていとく》（当時は中佐か大佐だったはずだが）の名前を聞いたのは、その時が初めてだった。

（ミスタ・マデューカス。どうか息子の無礼をお許しください）

（いえいえ。五歳かそこらのお子さんのわがままを気に病《や》むことはありませんよ）

ごく自然な本心からそう言うと、テスタロッサ中佐は初めてなにかに気付いたように眉《まゆ》をひそめた。

（なにか？）

（いえ、その通りです。どうも子供たちと日頃《ひごろ》接していると、彼らの歳《とし》を忘れてしまいがちでしてね。……そう。別に普通のことなんだ。私はすこし難《むずか》しく考えすぎている）

（天才児なのでしょう。そういう錯覚《さっかく》は無理《むり》からぬことです）

（ただの天才ならいいのですが）

思いのほか深刻《しんこく》な様子で彼は言った。

（と、いいますと？）

（ええ）

テスタロッサ中佐はうつむき、思慮《しりょ》深げな目を細めた。ショットグラスを両手で覆《おお》い、なにかを逡巡《しゅんじゅん》してから、ちらりと私を見つめた。

（ミスタ・マデューカス。こんな話をするからと言って、どうか私を変な男だと思わないでください。こういうことは、むしろ周囲の人間には話し辛《づら》いのです。自分でもおかしなことだとは十分わかっていますので）

妙な前置きだ。私は不思議《ふしぎ》に思いながらも居住《いず》まいを正した。

カール・テスタロッサがおかしな妄想《もうそう》にとりつかれているとは思えない。どこかの素性《すじょう》の知れない男ならまだしも、彼は私の戦友なのだ。あの冷たい海の奥《おく》深くで、共に生死の境《さかい》をかいくぐった相手だからこそ、私は彼の言葉を真面目《まじめ》に受け止めた。

（もちろんです。あなたはどこから見ても立派《りっぱ》な将校だ）

（ありがとう）

（それで、お子さんが？）

（ええ。いま言った通り、ただの天才ならいいのです。きっと輝かしい未来が待っているでしょうから。ですが……レナードとテレサはどうも違う。あの歳で数か国語をマスターしたり、悪魔《あくま》の方程式を解《と》いたりする子供は……まあ、探せばそれなりにはいることでしょう。たまにニュースで紹介《しょうかい》されるような、そういう天才児です。電話帳を一目見ただけで丸暗記して、何年たってもすべて正確に暗唱《あんしょう》できるような類《たぐい》の子供。そういう子はごくまれにいます)

それは私も同意《どうい》できた。実際にそういうニュースを見たことがあったし、歴史に残るような学者の中には、フォン・ノイマンのように幼《おさな》い頃から数か国語を自由に使いこなし、大人でも手が出ないような難問《なんもん》をすいすいと解いていた者もいる。

(だが、お子さんたちは違うと?)

(すこし待っていてください)

そういって彼は立ち上がり、邸内《ていない》に引き返していった。おそらく書斎《しょさい》に向かったのだろう。すこしたってから戻《もど》ってくると、彼は三枚の画用紙《がようし》を手にしていた。

(これを)

テスタロッサ中佐が私に手渡《てわた》した画用紙は、一見、そこらの子供がクレヨンで描《か》いた落書きのようだった。

だが、ちがった。

それは簡潔《かんけつ》な図面と方程式だった。書式はでたらめだったし、記号や変数《へんすう》も私の知っているものとはまるで違う。知識のない人間がこれを見れば、やはり意味のない落書きだと思って放置《ほうち》してしまうことだろう。

しかし、そうではなかった。

私の乏《とぼ》しい知識から察《さっ》するに、それは電磁波《でんじは》の反射特性《はんしゃとくせい》と減衰率《げんすいりつ》を扱《あつか》った走り書きだった。二枚目は特別な状態の電磁波の位相《いそう》をずらして超高速《ちょう》で干渉《かんしょう》させることにより、立体的な『場《ば》』のようなものを作り出せる仕組《しく》みについて描いてあった。三枚目は、その『場』を用《もち》いて外部から接触《せっしょく》する電磁波を打ち消し、レーダー波からの探知を困難《こんなん》にする方法が記してあるようだった。そしてそれは、いずれ可視光《かしこう》にも適用《てきよう》できるだろう、と。

ＥＣＳ。

現代の先進《せんしん》各国で広く普及《ふきゅう》し、現代戦の様相《ようそう》を一変させつつある『電磁迷彩《めいさい》システム』の基礎理論《きそりろん》がそこに書いてあった。

当時はステルス技術が広く知られているわけではなかった。

すでにアメリカ空軍とロッキード社は機体のレーダー反射角《はんしゃかく》を利用した受動的《パッシブ》な『見えない戦闘機《せんとうき》』を開発し、最高機密のベールの向こうで運用を始めていた。しかしその落書きはもっと先進的な技術についての言及《げんきゅう》だった。いわば『能動的《アクティブ》な』ステルス技術だ。

（手の込んだ冗談《じょうだん》、というわけではないんです）

私が言葉に窮《きゅう》していると、彼は言った。

（レナードとテレサの合作《がっさく》ですよ。去年の作品です。私が『どこで見たのか？』とたずねたところ、彼らは『自分たちで考えた』と。確かに私の書斎にある本には、あんなことは書いてありません。いや、おそらくそんな本は国立図書館にも、ペンタゴンの機密《きみつ》文書の中にもないでしょう。MIT（マサチューセッツ工科大学）にいる専門家《せんもんか》の友人に、一度だけこれを見てもらったことがあります。彼でさえ知らなかった概念《がいねん》だそうです）

当惑《とうわく》しながら、私はカール・テスタロッサの顔を見つめた。

（つまり、あなたはこうおっしゃるんですか？　この……けた外れに戦略的な意味を持つかもしれない技術的アイデアを、あなたのお子さんが、だれに教わることもなくこの紙に記したと？）

（ええ。やはり私は頭がおかしいのかもしれません）

だが彼の目は、正気を失った人間のそれとは明らかに違っていた。

苦悩《くのう》。

彼の横顔には苦悩があった。おかしな陰謀論《いんぼうろん》や妄想《もうそう》にとりつかれ、なにかを確信《かくしん》している人間には決してありえない苦悩。

（ミスタ・マデューカス。このことは他言無用《たごんむよう》にお願いできますでしょうか。二人の能力が明るみに出たら、彼らはまともな生活を送れなくなることでしょう）

（もちろんです。お約束しましょう）

私は即答《そくとう》したが、彼の不安は消えない様子だった。

（ありがとう。実は……どうも前例《ぜんれい》があるようなのです）

（前例？）

（レナードやテレサのような子供が、ほかにもいたようでして。何年か前に、一度だけ報道《ほうどう》されたんです。アラスカの地方局でね。ようやく『ママ』だのと言えるくらいの歳なのに、クレヨンでいくつかの化学式や複雑な物理方程式《ぶつりほうていしき》を書いた子供が紹介《しょうかい》されました。愚《おろ》かなワイドショーのやらせ報道だと大半の人々が思ったようですが、一部の人はそう思わなかった。なぜなら、その『子供が書いた』とされる落書きは、まだほとんど知られていなかった形状記憶《けいじょうきおく》プラスティックや特殊《とくしゅ》なチタン合金《ごうきん》に関《かん》するものだったり、まったく新しいコンピュータの基本《きほん》モデルを示唆《しさ》するものだったのですから）

ただの売名《ばいめい》目的で子供を利用《りよう》するような種類の大人が、そんな教養《きょうよう》を持ち合わせているとは思えない。なにより、無邪気《むじゃき》にテレビで紹介されたその情報は、ただのワイドショーの出演料など比《くら》べものにならないほどの利益《りえき》をもたらすものだったのだ。

（私は苦労してその報道の映像《えいぞう》を入手《にゆうしゆ》しました。間違《まちが》いなかった。私も基礎的な物理くらいしか学んでいませんが、その子供が書いた落書きは、レナードたちのものと同じような類《たぐい》だったのです。ただの潜水艦《せんすいかん》乗りの私ですら理解《りかい》できたのだから、他の人間が気付かなかったはずがない。報道の直後、その子供と家族は姿を消してしまいました）

なにか落ち着かないものを感じたのだろう。テスタロッサ中佐はシガレットケースから葉巻《はまき》を取り出し、火をつけた。

コヒーバ・ランセロス。

キューバ産の上物《じようもの》だ。彼は私にもそれを勧《すす》めたが、喫煙《きつえん》の習慣《しゆうかん》がなかった私は丁重《ていちよう》にそれを断《ことわ》った。

もっとも、よしんば私が喫煙者だったとしても、その香《かお》りを楽しむ気分にはなれなかったことだろう。彼の声はあまりに重たげで、私はそれを一笑《いつしよう》に付《ふ》すことがどうしてもできなかった。

ネットが発達《はつたつ》した今日《こんにち》、つい最近になって、私はその『超早熟《ちようそうじゆく》なアラスカの天才児』について調べてみた。たいした事実《じじつ》は出てこなかったし、その子供がその後どうなったのかも分からない。

だが、いまの私にはひとつの仮説《かせつ》——いや、ほとんど妄想と言われても仕方《しかた》のない疑念《ぎねん》がある。

その子供が一度だけ報道されたときの、『奇妙《きみょう》な落書き』の内容のうちいくつかは、その直後に生まれ、ほんの十数年の内に爆発的進化《ばくはつてきしんか》を遂《と》げた人型の機動兵器《きどうへいき》、アーム・スレイブの基本技術《きほんぎじゅつ》の根幹《こんかん》に関《かか》わる種類のものだったのだ。

私がテスタロッサ中佐と出会ったあの時代——一九八〇年代まで、世界の軍事テクノロジーはごく自然な流れで進化していたと思う。

それがおかしくなってきたのは、その『アラスカの天才児』の登場からなのではないのだろうか？

つまりテレサたちのような子供によるものなのではないか？

それが『ウィスパード』——『ささやかれた者』と呼ばれていることを私が知ったのは、もっと後のことだった。

一通りの話を聞いた後、私はテスタロッサ中佐にたずねた。

（なぜ私にそんな話を？）

すると彼はこう答えた。

（うまく言えないのですが……直感《ちょっかん》なんです。子供たちのことだけではない。これから先、われわれが立ち向かうことになるのは人外の要素《ようそ》だ。まともな常識《じょうしき》とはかけ離《はな》れたなにか。

そうした戦いが待っているような気がしましてね。この話を、あなたにも聞いておいていただくべきだと）

（ミスタ・テスタロッサ。あなたは私を買いかぶりすぎていますよ）

なにしろ私はただの船乗りで、戦う相手は共産主義者《きょうさんしゅぎしゃ》だ。政府の高官でもなければ、高名な学者でもない。オカルトの研究者でさえない。たとえそんな話を聞いたとしても、私がなにかの役に立てるとは思えなかった。

しかし、カール・テスタロッサは慎重《しんちょう》に言った。

（いいえ。いつかこの話が役に立つ時がくるかもしれません。そう……あのときと同じだ。あの冷たい海での攻撃《こうげき》ソナー。私の『助けを呼ぶ声』を察《さっ》して戦うことができた指揮官は、たぶんあなただけだったでしょう。だからこそ、そう思うんです）

実際、彼は正しかった。

中佐の言葉が頭のどこかになければ、私はそのずっと後――王立海軍を去って〈ミスリル〉に入り、より過酷《かこく》な戦いの中に身を投《とう》じたとき、いくつかの重要な決断《けつだん》を下すことができなかっただろう。

彼女から度を超《こ》した命令を受けたとき、現実家の私はもっと彼女を疑《うたが》ったはずだ。いや、それ以前に、私は彼女に敬礼《けいれい》する光栄さえ選ばなかったことだろう。

すべてはあの攻撃ソナーだ。

はるか彼方《かなた》から響《ひび》いてくる甲高《かんだか》い反響《はんきょう》の音。世界最強の艦の発令所《はつれいじょ》に立ち、難《むずか》しい局面《きょくめん》に出会ったとき、私の脳裏《のうり》に響くのはあのソナー音なのだ。

『私はまだ戦える。力を貸《か》してほしい』

大海のただ中で聞こえてくる声は、いつも私にそう訴《うった》えている。

薄気味《うすきみ》悪い話題が出たものの、あとの滞在《たいざい》は楽しいものだった。

テレサ嬢《じょう》はすぐに寝《ね》てしまったし、翌朝《よくあさ》もほとんど話す機会《きかい》はなかったのだが、いい子のようだった。もっとも、向こうは私の来訪《らいほう》さえ覚えていないかもしれない。

カールはごく知的《ちてき》な人物で、本来は冗談《じょうだん》やいたずらを好むタイプだった。まあ、そうだろう。でなければ、あんな戦闘中《せんとうちゅう》に独創的《どくそうてき》なメッセージを送ってきたりなどしないだろうから。

われわれはそれぞれの経歴《けいれき》や操艦《そうかん》の秘訣《ひけつ》、機密事項《きみつじこう》に触《ふ》れない範囲《はんい》での逸話《いつわ》や専門的議《せんもんてきぎ》論《ろん》を語り合って夜を明かした。翌日《よくじつ》は早い時間から予定があったため、朝食もそこそこにいとまを告げねばならなかったのが惜《お》しかった。

カールにも予定があったので、彼の部下が朝に車で訪《おとず》れ、私を街に送ってくれた。

別れ際《ぎわ》、カールから贈《おく》り物があった。『帰り道で開けてみてください』と言われて差し出されたその包《つつ》みを、私はわけがわからないまま感謝して受け取った。

(また会いましょう、マデューカス中佐)

(もちろんです。ただしかなうことなら、次はまた深き青海の底で)

私の冗談に、彼は笑った。

(ええ、まったくです。マデューカスとテスタロッサのコンビなら、七つの海で敵はいないことでしょうからね！)

私はカールの言葉に無邪気《むじゃき》に笑い、彼の部下の甲板士官《かんぱんしかん》が運転する出迎《でむか》えの車に乗り込むと、その場を去った。彼と交《か》わした最後の言葉もまた、本当だった。ただしテスタロッサは彼ではなく、その娘《むすめ》だったわけなのだが。

帰りの車内で、カールから受け取った包みを開いた。軽い中身だと思ってはいたが、中にあったのはつば付きの帽子《キャップ》だった。額《ひたい》の部分には青地に上等な金の刺繡《ししゅう》が入っており、そこには『TURBULENT S—87 HMS』とあった。

アメリカ海軍風の野球帽《ぼう》型の帽子に、私の指《し》揮する艦の名前。妙《みょう》な案配《あんばい》だった。

(サー)

バックミラーから私の怪《け》訝顔《げんがお》が見えたのだろう、運転席の中尉《ちゅうい》が言った。

(あなたの帽子を回す癖《くせ》を、テスタロッサ艦長はご存《ぞん》じなのです。僭越《せんえつ》ながら、自分もうかがっております。王立海軍との演習で『公爵《デューク》』に会ったら気をつけろ。特に彼が帽子を回した時は、と)

私がそんな風に呼ばれていると知ったのは、このときが初めてだった。前にも書いた通り、私はただの庶民《しょみん》の出だ。決してそんな大それた身分《みぶん》ではない。ただ、『デューク』の由来は想像《そうぞう》がついた。私の名前、マデューカスとかけているのだろう。

恥《は》ずかしいことだったが、カールは出会う前から私の風評《ふうひょう》を知っていたのだ。

(なるほどな。君たちの帽子の方が回しやすい、ということか)

(イエッサー)

(では、ありがたくいただいておこう。まあ、実際《じっさい》に任務中にかぶるわけにもいかないだろうがね)

(サンキュー、サー。自分からもお礼を言わせてください。あなたはわれわれの命の恩人《おんじん》なのです)

(効率的《こうりつてき》な手段《しゅだん》を選んだだけだよ。そういえば、まだ君の名前を聞いていなかったな)

(サー。セイラー中尉です)

大柄《おおがら》で筋肉質《きんにくしつ》の若い士官は、緊張《きんちょう》した声でそう答えた。

それから半年以上がたって、年末にテスタロッサ中佐からクリスマス・カードが届いた。同封《どうふう》された封書《ふうしょ》には、彼が来年から異動《いどう》になり、太平洋潜水艦隊《せんすいかんたい》の勤務《きんむ》になると述《の》べてあった。今度の住まいは沖縄《おきなわ》になるとのことで、テレサは日本語の猛《もう》勉強を始めているらしい。五か国語以上をあっさりマスターしたあの子のことだ。今度会うときは日本語も完《かん》壁《ぺき》になっていることだろう、と私は思った。

しかしカールと会う機会《きかい》は二度となかった。

お互《たが》い忙《いそが》しい身でもあったし、私はといえば妻との離婚《りこん》問題で頭を悩《なや》ませていた時期が何年も続いていたので、家庭円満《えんまん》なカールに顔を合わせるのはいささか気が引けたのだ。手紙のやりとりは頻繁《ひんぱん》に交わしていたので、彼とは何度も会っているような気にもなっていた。

まあ、いずれまた会えるだろう。特に急ぐこともない。

あのときは気軽《きがる》にそう考えていた。

八〇年代後半も、私の生活はずっと任務浸《びた》りで、これといった変化はなかった。変わったことといったら不和《ふわ》が限界に達《たっ》していた妻と離婚《りこん》したことくらいだったが、それすらも私の海軍での毎日には大した影響《えいきょう》を及《およ》ぼすことはなかった。あのポーツマス郊外《こうがい》で、カールが私に語って聞かせた不気味《ぶきみ》な話も、すっかり過去《かこ》のものとなって、私はほとんどそれを気にとめなくなっていた。

もっとも、国際情勢《じょうせい》の方はめまぐるしい変化を見せていた。ポーランドでは劇的《げきてき》な政変《せいへん》が起き、ベルリンの壁《かべ》が崩壊《ほうかい》した。プラハの春の再来《さいらい》が心配されたが、当時のソ連の最高指導者《しどうしゃ》ミハエル・ゴルバチョフは、自由を望む人々を戦車でひき殺すような選択《せんたく》はとらなかった（中国人はそれを実行してしまったが）。彼はあくまで対話《たいわ》と融和《ゆうわ》を選んだ。

あのころ、だれもが予感していた。

ひょっとしたら、狂気《きょうき》の時代が終わろうとしているのかもしれない。世界が二つのイデオロギーに分かれ、人類すべてを何十回と焼き殺すことのできる兵器をつきつけあっている、この異常《いじょう》な状況《じょうきょう》が。

だが、そうはならなかった。

九〇年代に入ってすぐに、サダム・フセイン率《ひき》いるイラク軍が隣国《りんごく》のクウェートに侵攻《しんこう》し、それをよしとしない西側諸国《しょこく》との間で湾岸《わんがん》戦争が起きた。その戦いはタジキスタン共和国の分離《ぶんり》独立《どくりつ》問題やパレスチナ問題に飛び火して、目も覆《おお》わんばかりの第五次中東紛争《ふんそう》が勃発《ぼっぱつ》した。

私はそのときも攻撃原潜《こうげきげんせん》〈タービュラント〉の艦長で、開戦前からペルシャ湾に出撃《しゅつげき》し、いまも極秘扱《ごくひあつか》いになっているいくつかの作戦に従事した。

そろそろ机《つくえ》仕事に移るか、潜水艦指揮官養成学校の教官にされるか……といった時期だったのだが、私は海から離《はな》れるのはごめんだったので、あれこれと手を回して現場の仕事にしがみついていたのだ。

ペルシャ湾は浅い海で、北大西洋とはまた違《ちが》った苦労があった。しかし、その話はここでは本題とはずれるのでさておこう。

その戦争で起きた最大の惨事《さんじ》のとき、私はあの事件の現場から何千マイルも離れた地中海にいた。開戦前からずっとインド洋とペルシャ湾に潜《ひそ》んでいた私の艦は、やっとその任を終え母国へ帰る途中《とちゅう》だったのだ。

クウェートの北部で核《かく》が使われた。

まず私は部下からそう聞かされた。

現地に駐留《ちゅうりゅう》していたアメリカ軍に相当《そうとう》な損害《そんがい》が出たらしい。もちろん英国軍にもだ。潜水艦隊司令部からは、帰投《きとう》をやめてただちに巡航《じゅんこう》ミサイルの射程《しゃてい》まで引き返すよう命令がきた。

あの当時のニュースを見ていた人間なら、事件直後の混乱《こんらん》のほどはよく覚えていることだろう。ちょうど生中継《なまちゅうけい》で、のんびりとインタビューに答えていた米軍兵。その肩越《かたご》しの市街地《しがいち》の向こう、ずっと遠くで起きた閃光《せんこう》。映像に激《はげ》しいノイズが入り、それきりカメラが沈黙《ちんもく》した、あのぞっとする瞬間《しゅんかん》を。

まともな状況《じょうきょう》の把握《はあく》などできなかったはずだ。しかし、わずか数時間後にアメリカ政府はその核がサダム・フセインの命令によるものだと断定《だんてい》し、ヒステリックな調子で報復《ほうふく》攻撃すら示唆《しさ》した。もちろんイラク政府は自軍による核攻撃を否定《ひてい》し、『これは何者かによる自作自演だ』と不器用《ぶきよう》な声明を発表した。

たった一日だけで、死者の数は数万人に届くと報じられ、翌日にはその数は十数万人になった。恐《おそ》ろしい数字だ。

報復による人類史上四発目の核攻撃は、さいわいにもソ連政府の必死の説得《せっとく》によって回《かい》避《ひ》されたが、あの核を使ったのは誰《だれ》なのか、けっきょくのところはわからないままだ。もっとも、BBCやCNNはあの核攻撃をサダムの所行《しょぎょう》だと報じ、いまだにそれは信じられている。軍事問題の関係者なら、あの時点《じてん》でイラク軍が戦略級の核弾頭《だんとう》を運用する力を持っていなかったことは知っていたはずなのだが。

あの一件でアラブ諸国とイスラエルの態度《たいど》は手がつけられないほど硬化《こうか》し、第五次中東紛争は泥沼《どろぬま》化の道を突《つ》き進んでいった。いまもなお、あの地域《ちいき》ではひどい戦いが続いている。

事態《じたい》はもっと悪くなっていった。

クウェート事件の半年後にはソ連でクーデターが起き、その混乱の最中でゴルバチョフ大統領《だいとうりょう》が暗殺《あんさつ》された。反動《はんどう》で一気に右傾化《うけいか》したソ連首脳部《しゅのうぶ》は軍を一手に掌握《しょうあく》し、一度は撤《てっ》退《たい》していたアフガニスタンへの再侵攻という暴挙《ぼうきょ》に出た。

いずれは暇《ひま》になるだろう、と思われていた私の仕事――ソ連軍の潜水艦部隊の監視《かんし》と哨《しょう》戒《かい》任務は、より一層《いっそう》の厳しさを求められるようになった。

私はそのころ軍の高官と食事中に、現在の軍事情勢について意見を求められた。忌憚《きたん》のない、ごく個人的な意見を。

(悪夢のようです。フルシチョフ以前の時代にまた逆戻《もど》りだ)

私が言うと、将官は眉《まゆ》をひそめた。

(悪夢。確かにそうかもしれん)

その上官は言った。

(だが、われわれはその悪夢を生きることで予算を獲得《かくとく》しているのだ。これはむしろ望ましいことなのではないかね?)

彼の言う意味がよくわからなかった。

いや、わかってはいたが、祖国《そこく》を守ることに身を捧《ささ》げていると思っていたその上官が、そんなことを言い出すのが信じられなかった。

（奇妙《きみょう》に思うかね、中佐？　だが考えて見ろ、ゴルビー［ゴルバチョフの愛称《あいしょう》］が思っていたままに東西の冷戦構造《こうぞう》が終わっていれば、世界はどうなっていたか。両陣営《じんえい》が力ずくで押《お》さえ込んでいた後進国は、好き勝手に民族紛争や宗教紛争を起こすことだろう。核ではなく、ＡＫライフルや対人地雷《たいじんじらい》で何十万人が死ぬことになる。テロも深刻化《しんこく》することだろう。ロンドンやニューヨークで何千人が死ぬことだってありうる。それを思えば、こういう構造が続くのは必要なことなのかもしれない）

私には何も言えなかった。

（戦争の発生は計画的に）

ナイフとフォークを止めて、黙《だま》り込んでいる私を見つめ、その上官は言った。

（そういう意味では、この二〇世紀後半の冷戦構造は人類史上、もっとも平和的なシステムだとも言えるのではないか？）

（分かりません）

かろうじて私はそう答えた。

(自分は兵器システムを運用し、最大の効果を達成《たっせい》するだけの男です。政治的な見解《けんかい》については、より聡明《そうめい》で知的な人々にお任《まか》せするのが一番だと考えております)

(模範的《もはんてき》だな、中佐。軽々《かるがる》しく同意しない。そして自身を『ただ一枚の鋭《するど》い刃《やいば》』だと考えている)

(イエッサー)

岩のような無表情のまま私が答えると、その将官は注意深い目で私を眺《なが》め、不意《ふい》に頬《ほお》をゆるめてみせた。

(だが、その内に秘《ひ》めた情熱は隠《かく》しようもないようだ。いや、すまなかった。いまの話はちょっとした『かまかけ』でね)

(はっ?)

(すこし確認《かくにん》がしたかっただけだ。忘れてくれたまえ)

(イエッサー)

そうして、私たちは食事に戻った。

その将官の名前はサー・エドモンド・マロリー。ずっと後になって知ったことだが、〈ミスリル〉の実質上《じっしつじょう》の創設者《そうせつしゃ》といわれるマロリー伯爵《はくしゃく》の長子《ちょうし》にあたる人物だった。

さほどはっきりした言及《げんきゅう》はされていない。だが〈ミスリル〉が生まれたのは、九〇年代

初期のことだ。そして〈ミスリル〉は、あの湾岸戦争と、第五次中東紛争の惨事をきっかけに創設された。

私は彼に『いま構想中の組織に招《まね》いてもいい人物かどうか』を試《ため》されたのだ。実際の勧《かん》誘《ゆう》はずっと後——私が王立海軍をお払《はら》い箱になってからだったが、あの時点でマロリー・ジュニアは私に着目《ちゃくもく》していた。

そして彼が試した会話の内容は、その後、私たちが立ち向かうことになる敵について、大きな示唆《しさ》を与《あた》えていた。

テレサ・テスタロッサもだ。

彼女は復讐者《リベンジャー》ではなかったが、そう運命づけられていたのかもしれない。そしてそれは、彼女自身の贖罪《しょくざい》の戦いでもあった。

それから二年後のことだ。

私は、彼女の両親が——カールとマリアが死んだと聞かされた。

あのころ——つまりクウェート事件から二年後、テスタロッサ夫妻の死を聞かされた時期に、私は王立海軍内部で起きた別のトラブルに巻き込まれていた。

私の指揮《しき》する〈タービュラント〉と同型の原潜《げんせん》が事故《じこ》を起こしたのだ。

原子炉《げんしろ》の冷却系《れいきやくけい》に関係した深刻《しんこく》な事故で、死者こそ出なかったが、一歩間違《まちが》えば北大西洋と沿岸地域《えんがんちいき》に強度の放射能《ほうしやのう》をばらまくことになりかねない種類《しゆるい》のものだった。当然、マスコミや労働党《ろうどうとう》はこの事故をあげつらい、保守党《ほしゆとう》と海軍への攻撃《こうげき》材料として大々的に取り上げた。何人もの海軍関係者や関連メーカー幹部《かんぶ》が特別委員会に召還《しようかん》され、安全管理《かんり》や機《き》密姿勢《みつしせい》についての厳《きび》しい質問にさらされていた。

そして同型艦を指揮する私も、この事故の証人として呼ばれたのだ。

現実問題として、〈タービュラント〉型の原子炉にいくつかの問題点があることは、一〇年近くの運用で明らかになっていた。

それらの『欠陥《けつかん》』について改修《かいしゆう》工事が行われなかったのは、予算《よさん》と工期の問題があったからだ。ソ連の急激《きゆうげき》な右傾化の影響《えいきよう》で、海軍の主力となった新鋭艦《しんえいかん》のすべてを何年間もドック入りさせることが、どうしてもできなかった事情もある。それに技術的な説明はさておくが、熟練《じゆくれん》したクルーと指揮官が注意深く扱《あつか》えば、深刻《しんこく》な事故は避《さ》けられるとも考えられていた。

とはいえ、欠陥は欠陥だ。

証人として呼ばれた私に、海軍上層部は彼らの意に沿《そ》うような証言をするよう、暗《あん》に圧《あつ》力《りよく》をかけてきた。〈タービュラント〉型の原潜は完璧《かんぺき》に安全で、事故原因はあくまでヒューマンエラーだった、と。

　そうとは言えなかった。

　やむをえない事情があったにしても、『完璧』ではなかったのだ。一晩《ひとばん》ほど悩《なや》みぬいた挙句《あげく》、私は委員会で『ただ事実だけ』を証言した。その証言が上層部の意に反するもので、私の海軍でのキャリアを終わらせることになるのは知っていたが、神と女王陛下《じょおうへいか》に宣誓《せんせい》した以上、嘘《うそ》はつけなかった。

　上層部の対応《たいおう》は実に分かりやすかった。

　その翌週《よくしゅう》には、私は艦長職の任《にん》を解《と》かれ、海軍大学の戦史編纂室《へんさんしつ》に放《ほう》り込まれた。完全な見せしめの左遷《させん》だ。第三次世界大戦でも起きない限り、私が海の戦場に戻《もど》ることはもはや考えられなかった。

　絶望的な気分になったのは認めるが、どうせ現役《げんえき》でいられる時期はあと何年もなかっただろうし、その後に待っているはずだった机仕事には未練《みれん》がなかったので、私はダートマスでの暇《ひま》な毎日を受け入れた。

　戦史の史料《しりょう》を読みふけり、じっくりチェスを楽しむことにしたのだ。

　そんな日々が始まって一月もしないうちに、カール・テスタロッサの死を知った。彼の部下から手紙が来たのだ。艦長をクビになった直後に手紙は書いていたが、まだ返事は来ていなかった。

カールは海ではなく、陸《おか》で死んだ。

そのころの彼は沖縄からポーツマスに戻っており、彼の自宅――私が訪《おとず》れたあの邸宅《ていたく》で、強盗《ごうとう》に遭《あ》って死んだのだという。カールとマリアは射殺《しやさつ》され、二人の子供は行方不明《ゆくえふめい》で、家には火がつけられた。

少なくとも、その部下からの手紙にはそう書いてあった。

にわかには信じられなかった。

私はすぐさま北米に飛んだ。カールたちの死に心を痛めていたのはもちろんだが、それにも増して彼らの子供たちの消息《しようそく》が気になっていた。レナードの方は会ったことがなかったが、テレサは違う。あの無垢《むく》でおとなしい、天使のような少女がどこかの悪党に連れ去られたのかと思うと、いてもたってもいられない気持ちだった。

もちろん、刑事《けいじ》でもスパイでもない私が現地に赴《おもむ》いたところで、テレサたちを救う役に立つわけでもない。だがそれでも、私はそれまで通りに海軍大学の敷地内《しきちない》をぶらぶらすることなどできなかった。

私が訪れた二度目のポーツマスの町はまだ冬で、昼前でも吐《は》く息が白かった。

カールの死を知らせてくれた彼の部下は任務で海に出ており、事件の細かい経緯《けいい》を聞くことはできなかった。私は到着《とうちゃく》するなり地元の警察に出向き、担当《たんとう》刑事から話を聞いた。

（どこかの流れ者の犯行《はんこう》でしょうな）

と、その刑事は言った。

（ここは静かな町です。住民のだれかが起こした事件なら、必ず私の耳に入る。犯人はテスタロッサ氏の家から金目のものを奪《うば》って、さっさとこの州を後にしたはずです。ＦＢＩにも話は通してありますよ）

（子供たちは？　なぜ犯人はテレサたちを連れ去ったのです？）

（逃走《とうそう》時に警察と出くわしたとき、人質《ひとじち》にでもする気だったのでしょう。もしくは……痛ましいことですが、子供たちはおきまりの扱いを受けてどこかに捨てられているのかもしれません。きれいな兄妹だったそうですしね。かわいそうだが……）

（滅多《めった》なことを言わんでくれ！）

思わず私は声を荒《あら》らげた。

しかしその刑事は私の反応をある程度《ていど》は予想していたようで、熟練《じゅくれん》した様子でわたしをなだめにかかった。

（お気持ちはわかります。ですが、彼らを見つける手立《てだ》てはほとんどないんですよ。行き

ずりの犯行ですからね。努力はしてるが、どうにもならない）

（本当に行きずりの犯行だと？）

あのテラスでのカールとの会話を思い出しながら、私は言った。

（ええ。三八口径《こうけい》を片手に押《お》し入って、バン、バン、バン。ひったくれるものはひったくって、灯油《とうゆ》をまいて火をつけて。そんな調子です）

（信じられない）

（それはあなたの勝手です。とにかく、この事件はそれでおしまいなんだ。これ以上なにかを疑《うたが》っても始まりませんよ）


警察署を後にしてから、私はレンタカーでカールの家に向かった。

いや、家の跡《あと》だ。

木造の邸宅は全焼しており、まばらに雪の降《ふ》り積《つ》もった敷地内の真ん中に、黒い炭《すみ》のかたまりが山積みになっているだけだ。

ひどく静かだった。

コートの襟《えり》を引き寄せ、私はため息をついた。白い息が尾《お》を曳《ひ》いて、だれもいない荒れた庭を流れていった。

私はしばらくの間、その焼け跡に立ち尽《つ》くし、カールとの話を思い起こした。

常軌《じょうき》を逸《いっ》した天才児たち。

世界のパワーバランスを動かすほどの知識。

カールの懸念《けねん》。

すこし歩き、黒こげの建材をどけると、地面に埋《う》もれかけたいくつかの薬莢《やっきょう》を見つけた。すすで汚《よご》れた薬莢。拾《ひろ》い上げてぬぐってみる。銃器《じゅうき》についてさほど知識のない私でも、それがライフル弾《だん》だということはすぐに分かった。ちっぽけな三八口径の拳銃弾《けんじゅうだん》などでは断《だん》じてない。ライフルだ。それもたぶん、アサルトライフル。行きずりの押し込み強盗がそんなものを使うだろうか？

ありえない。あの刑事は嘘《うそ》をついている。

（船乗りから探偵《たんてい》に鞍替《くらが》えかね？）

遠くから呼びかける声がした。

振《ふ》り返ると、松林の奥《おく》から男が一人、こちらに近づいてくるところだった。厚手《あつで》のコートを着込んだ中年男だ。短く刈《か》りこんだごま塩頭。年齢相応《ねんれいそうおう》の肉付きで、骨太《ほねぶと》な体格だったが、どこか人懐《ひとなつ》っこい顔つきだった。

アメリカ海軍の高官、ボーダ提督《ていとく》だ。

直接話したことはなかったが、私は彼の顔を知っていた。何度かのセレモニーや、軍事関係の新聞で写真を見たことがあったのだ。

彼はいくらか息を上げながら、早足で私のそばへと歩いてきて言った。

（やっと会えたな、公爵《デューク》どの）

ボーダ提督は私の厳しい視線に気付くと、微笑《びしょう》を浮《う》かべた。

（そんな怖《こわ》い顔をするな。別に私は暗殺者ではないよ）

（ええ。あなたが誰《だれ》かは存《ぞん》じております。偶然《ぐうぜん》ここに来た、と言われても納得《なっとく》できない立場のお方だとも）

（まあそうだろうな。君がここを訪れることは聞いていた。で、君と会うついでに散歩してきたのだよ。よくカールと歩いた松林と海岸をね）

（なるほど。監視《かんし》がいるわけですな）

私は焼け跡の周辺を見回した。改《あらた》めて観察《かんさつ》しても、素人《しろうと》の私にはまるでその気配を察知《さっち》することはできなかったが。

（否定《ひてい》はせんが、むしろ君を守るための人員だ。気に障《さわ》ったのなら謝《あやま》るよ）

（いえ）

（知りたいことがあるのだろう？）

（はい。ここで何があったのです？　テスタロッサ中佐と彼の妻は本当に死んだのですか？　そして彼の子供たちは？）

（カールとマリアは死んだ。ここで襲撃《しゅうげき》があったのだ）

黒い手袋《てぶくろ》を着けた両手をこすり合わせ、ボーダ提督は言った。

（どこかの諜報部《ちょうほうぶ》が、レナードとテレサを拉致《らち》しようとしてここの家に押し入った。その直前に、襲撃を察知《さっち》したカールが、基地《きち》にいた私に助けを呼んでね。信頼《しんらい》できるMP［ミリタリー・ポリス］を五名ほど引き連れて、私は二〇分後にここに駆《か》けつけた。だがカールたちは襲撃者グループに殺されており、子供たちは車で連れ去られようとしていた。……そしてMPとの間で銃撃戦が起きて、襲撃者たちは射殺《しゃさつ》された。死ななかった者もいたが、拘束《こうそく》直前に薬物で自決《じけつ》した。残されたのは、燃え上がる家と二人の子供だけ、というわけだ）

（では、子供たちは無事《ぶじ》だと？）

（私が信頼できる人々に預けたよ。行方不明の扱いにしたのは、彼らの安全のためだ）

すこしの間、ボーダ提督は押し黙《だま》った。

（カールは勇敢《ゆうかん》だった。ささやかな猟銃《りょうじゅう》だけで、アサルトライフルで武装《ぶそう》した襲撃者に一〇分以上は抵抗《ていこう》したようだったからな。襲撃者たちは六人いて、そのうち二人はカールが

倒《たお》していた)

ボーダ提督の沈痛《ちんつう》な声を聞いても、私にはまだ納得いかないことが山ほどあった。

(なぜMPを？　地元警察に連絡《れんらく》して急行させれば、彼は助かったかもしれない)

(アサルトライフルを持った相手に、三八口径のリボルバーしか持っていない平和な町の巡査《じゅんさ》を数名急行《きゅうこう》させたところで、死人が増えただけだったろうな)

(しかし――)

(やれることはやった)

ごく真面目《まじめ》な顔で、彼は私を一瞥《いちべつ》した。

(そう私をいじめんでくれ。あいつは私の友達でもあったのだ)

(すみません。では、カールの子供たちは？　いまはどこにいるのです？)

『信頼できる人々』と聞いても、それだけで私が安心できるはずもなかった。

(それは説明できんよ。とにかく無事《ぶじ》だ。信じてもらうよりないな)

(いいでしょう。ならば、だれが彼らを襲《おそ》ったのですか？)

(それもわからない。国内のどこかの勢力《せいりょく》かもしれないし、他国かもしれない。企業《きぎょう》という可能性《かのうせい》もある。まだなんとも言えん)

(それほどまでの価値が、あの子たちに？)

(そうだな。あの子たちは……いささか常軌《じょうき》を逸《いっ》するほどの天才だったのだ。だがカールは、あくまでそれを隠《かく》すつもりだったのだろう。私が早くそれに気付いていれば、こんなことにはならなかったのだが)

暗く沈《しず》んだ声で言ってから、ボーダは気持ちを切り替《か》えるように、両手を軽くたたき合わせた。

(ミスタ・マデューカス。私がここに来たのは、君に一つの提案《ていあん》があったからだ)

(提案?)

(そう、提案だ。いまの君の境遇《きょうぐう》は知っている。このままいけば、君はそれこそ砂浜に打ち上げられた海月《くらげ》のように、その輝《かがや》ける能力を干《ひ》からびさせていくだけだろう。そこでだ……どうだろう、もう一度、海に戻《もど》る気はないかね?)

私の怪訝《けげん》顔を、彼はいたずらっぽくのぞきこんだ。

(詳細《しょうさい》は言えん。それどころか、われわれ自身でもこの計画がどうなるか、まだ把握《はあく》できていない。王立海軍は辞《や》めてもらうことになるだろうし、偽《いつわ》りの身分も必要になる。だがこれだけは保証しよう。君は戻ることができる。あの大海原《おおうなばら》の戦場にな)

(おっしゃる意味がわかりません)

かろうじてそう答えながらも、私の胸はなぜか高鳴《たかな》っていた。彼がわざわざ他愛《たあい》もない法螺《ほら》話をここでするわけがないことは、よく分かっていたのだ。

戻れる。

海に。

危険な海に。

その初老《しょろう》の男の言葉は、どんな美女が耳元でささやく甘《あま》いささやきよりも、はるかに魅《み》力的《りょくてき》だった。

（われわれは準備《じゅんび》を進めている）

彼は言うと、私に背を向け、ふたたび松林へと歩き出した。

（いびつに捻《ね》じ曲がっていくこの世界との戦いをな。君の力が必要だ。その気があるなら、今週中に連絡《れんらく》をくれ）

（今週中？　しかし、私は——）

ボーダ提督の背中は遠ざかり、松林の薄暗《うすくら》がりの中に溶《と》け込んでいこうとしていた。

（迅速《じんそく》に、かつ慎重《しんちょう》に考えたまえ、中佐！　なにしろ私は来週、退役《たいえき》して軍からいなくなるのだからね！）

帰りの機内でずっと考えた。

だが所詮《しょせん》、あれほどの誘惑《ゆうわく》には勝てなかった。二〇年以上も仕えてきた王立海軍を去ることに不安はあったが、彼の言うとおり、私は砂浜に打ちあげられた海月も同然なのだ。ダートマスに帰ってから二日後、私はよく出かけたパブからボーダ提督《ていとく》に電話して、彼の話に乗るつもりだと告げた。

(半年後だ、ディック)

電話の向こうでボーダは言った。

(そのころに使いの者が君を訪《おとず》れるだろう。それまでに身辺整理を終えておいてくれ。細かい話は会ってからしよう)

ボーダ提督の言った通り、半年後には迎《むか》えがきた。

彼は四〇過《す》ぎのひょろりとした男で、ペインローズと名乗り、カジュアルな服装の護衛《ごえい》を二人ほど引き連れていた。

私はペインローズに連れられるまま、ビジネスジェットで英国を離《はな》れることになった。彼らは私が何らかのスパイ組織の息がかかっているかどうか心配していたようで、身体検《しんたいけん》査《さ》や質問も受けた。

ペインローズは知的な人物で、私が海軍をお払《はら》い箱になった事故の件についても、技術的な見地から非常《ひじょう》に示唆《しさ》に富《と》む意見を語って聞かせてくれた。その用語や言い回しから、彼が科学者だということは分かったが、それ以上は推察《すいさつ》することはできなかった。

空の旅は二〇時間を越《こ》えた。

それはたぶんグァム島だったのだろう。そのアメリカ海軍基地に着陸したジェットからヘリに乗り換《か》えさせられ、さらに数時間の旅を経《へ》て、われわれは目的地《もくてきち》に到着《とうちゃく》した。その時のペインローズは教えてくれなかったが、いまの私には分かる。

私が連れて行かれたのは、あの西太平洋の無人島《むじんとう》だった。

あの当時、あの島には固定翼機《こていよくき》が着陸できる滑走路《かっそうろ》がなかったのだ。ヘリが降りたのは作りつけの粗末《そまつ》なヘリポートで、周囲《しゅうい》にもろくな施設《しせつ》は建設《けんせつ》されていなかった。

名も知らぬ南海の孤島《ことう》に降り立った私を出迎《でむか》えたのは、ボーダ提督だった。それともう一人、驚《おどろ》くべき人物がいた。かつて昼食を共にし、奇妙《きみょう》な『質問』をしてきたあの人物――サー・エドモンド・マロリーだった。

オリーブ色の野戦服《やせんふく》姿のマロリー・ジュニアは、ヘリの爆音《ばくおん》に負けない声で、右手を差し出しこう言った。

（また会えて嬉《うれ》しいよ、中佐）

当惑《とうわく》顔で握手《あくしゅ》に応《おう》じる私を見て、彼はボーダやペインローズと一緒《いっしょ》に笑った。

（そうそう、もう言っても構《かま》わんな。〈ミスリル〉西太平洋戦隊基地――その予定地、メ

リダ島にようこそ）

挨拶《あいさつ》もそこそこに、私はマロリー・ジュニアたちに『〈ミスリル〉とはなにか』と質問した。元の言葉が、J・R・R・トールキンの創作物《そうさくぶつ》に出てくる魔法《まほう》の金属だということさえ、私は知らなかった。

（国際救助隊《きゅうじょたい》だよ）

ボーダが言った。

（原題は『サンダーバードがゆく』だったな。あんな調子の組織だ。もっとも、任務の内容は災害《さいがい》救助ではなく、地域紛争《ちいきふんそう》の火消しということになるが）

（よくわかりません）

（第三次世界大戦が起きようとしている）

明日の天気でも言うように、マロリー・ジュニアが言った。

私は彼らに案内されるままに、ヘリポートから離《はな》れ、ジャングルの中に作られた未舗装《みほそう》の小道を歩いていった。

（それは明日かもしれんし、来年かもしれん。もっと先——五年後か、一〇年後かもしれない。ささいな火種《ひだね》が燃え広がり、米ソが激突《げきとつ》する危険が、この九〇年代に入って、より

大きくなってきているのだ。状況《じょうきょう》をコントロールできると思い込んでいるタカ派《は》の連中は多いが、そうはならないだろう。いま中東で続いている戦争など、序《じょ》の口だ。もっと怖《おそ》ろしいことがこれから起きる）

小道はそれほど長くなかった。密林《みつりん》の斜面《しゃめん》にしつらえられた、小さなコンクリートの建《けん》造物《ぞうぶつ》。その扉《とびら》をくぐりぬけ、私たちは鉄骨《てっこつ》むき出しの粗末《そまつ》なエレベーターに乗った。警告《けいこく》のブザー音。ボーダがスイッチを押《お》すと、エレベーターはがらがらと耳障《みみざわ》りな音を立てて地下へと降りていった。

地上からもれていた光は遠ざかり、赤い非常灯《ひじょうとう》のほのかな光だけが、暗い縦穴《たてあな》を照《て》らしていた。

（それを回避《かいひ》するための機関《きかん》が〈ミスリル〉だ。いずれの国家にも属《ぞく》さず、世界各地の危《ク》機《ライシス》に対処《たいしょ》する。規模《きぼ》はまだ小さいが、いずれは連隊規模を超《こ》える予定だ。戦略《せんりゃく》問題から軍事技術まで広く扱《あつか》う研究チーム。あらゆる情報を収集し、分析《ぶんせき》・助言《じょげん》を行う情報チーム。そして必要な場合に外科《げか》手術《しゅじゅつ》的作戦を行う作戦チーム。……君にはその作戦チームで働いてもらいたい）

その〈ミスリル〉という機関の構想《こうそう》でさえ、私には信じがたいことだったが、それとは別に奇妙《きみょう》に思うところがあった。

（お待ちください）

（なんだね？）

（自分は潜水艦《せんすいかん》乗りです。そうした特殊部隊《とくしゅぶたい》でなにかの役割が果たせるとは思いません。その〈ミスリル〉がどれほどの規模なのかは知りませんが、まさか潜水艦まで装備《そうび》しているわけではないでしょう）

私がそう言うと、マロリー・ジュニアとボーダとペインローズはそれぞれ顔を見合わせ、薄闇《うすやみ》の中で笑い声をもらした。

威厳《いげん》も知性も充分《じゅうぶん》備えた彼らだったが、まるで学校の裏山の秘密《ひみつ》基地に、とっておきの宝物を隠《かく》している子供たちのような笑い方だった。

（まあ付いてきたまえ）

エレベーターが最下層に付き、われわれは暗い通路を進んでいった。通路というよりは洞窟《どうくつ》だ。天井《てんじょう》からぽたぽたと水滴《すいてき》が落ち、ひんやりとした空気が行く手から流れてくる。

通路を抜《ぬ》けると、どこかの広い空間に出た。

足音の反響《はんきょう》でそうだと分かったのだが、ほとんど真っ暗で、そこがどれくらいの広さなのか、どんな場所なのかはまったく分からなかった。

（ここは？）

私の問いには答えずに、ペインローズ博士《はかせ》がそばを離れた。闇に慣《な》れてきた私の目には、彼が地面に置かれた小型の発電機《はつでんき》を操作《そうさ》しているのだけが見えた。

小気味《こきみ》いいエンジン音。ぱちぱちと何かのスイッチを入れる音。その空間――巨大《きょだい》な空洞の各所に設置《せっち》された水銀灯《すいぎんとう》が強い光を発し、私は思わず目を細めた。

マロリー・ジュニアが言った。

（さきほど潜水艦と言ったね。そのまさかだよ。中佐）

強烈《きょうれつ》な照明《しょうめい》で目がきかなかったが、すぐに私にもその姿が見えた。巨大な洞窟の大半を占《し》める巨大な水たまり――いや、これは海から引き込まれた地下水路だ。その正面、少し小高くなった岩場の上に、われわれは立っていた。

われわれが見下ろす地下水路に、やはり巨大な何かがうずくまっていた。伝承《でんしょう》に出てくる巨竜《きょりゅう》のように、それは静かな眠《ねむ》りについていた。

潜水艦だ。

それも、とてつもなく大きな潜水艦だ。

私の〈タービュラント〉やカールの〈ダラス〉など比《ひ》ではない。それどころか、ソ連のタイフーン級戦略原潜よりも大きかった。高層《こうそう》ビルが丸まる一つ、横になって浮《う》かんでいるような威容《いよう》。あまりに大きくて、私の位置からは艦尾《かんび》が薄暗がりの中に溶《と》け込んでいてよく見えないほどだ。真っ黒な船体にはおびただしい量の錆《さび》が浮かび、この船がまるで何千年も前からここに存在していたかのようだった。

(プロジェクト985)

ボーダがその船の名前を言った。

(ソビエト海軍が建造を進めていた輸送潜水艦だ。敵地《てきち》に忍《しの》び寄り、搭載《とうさい》された強襲《きょうしゅう》部隊によって奇襲攻撃《きしゅうこうげき》を行う目的《もくてき》の艦だった。ロシア人というのは、時たまとんでもないスケールの発想《はっそう》を実行に移すな)

(ロシア人の? なぜそんな艦《ふね》が?)

戦慄《せんりつ》して立ち尽《つ》くしたまま、私はたずねた。

(彼らの内情は聞いているだろう。こういう艦《ふね》にカネを出している余裕《よゆう》はない。作りかけのまま、北極海《ほっきょくかい》に廃棄《はいき》されるはずだったのだ。それをちょろまかした。われわれの協力者はソ連内部にもいる。アメリカにもイギリスにも、イスラエルにも中国にも。意見を同じくする者は思いのほか多い、ということだ)

そういわれても、どんな手品を使ったらそんなまねができるのか、私には見当《けんとう》も付かなかった。

(それで、中佐。この未完成《みかんせい》の艦を見た感想を聞きたいな。使えると思うかね)

（まったく使えませんな）

すぐさま私は答えた。

（艤装《ぎそう》自体はできるでしょう。ロシア人たちが考えていたような船として完成させることは――まあ、できないことはありません。ですが、それではまったく不十分です）

私はそれから技術的な見解《けんかい》を述《の》べた。

この艦、『プロジェクト985』は大きすぎる。

設計者はこの艦に新兵器のアーム・スレイブを搭載《とうさい》することで、強襲部隊としての効果を発揮できると考えたのだろうが、それ以前にこの艦では、入念《にゅうねん》に警戒《けいかい》された敵の領海《りょうかい》に侵入《しんにゅう》することができない。どう頑張《がんば》ったところで、速力は三〇ノット以下だろう。これだけの巨体を動かす推進《すいしん》システムと原子炉《げんしろ》が、相当《そうとう》なノイズを発するのも明らかだ。それでは敵の耳から逃《のが》れることもできない。上陸のために浮上《ふじょう》すれば敵のレーダーに発見されるだろうし、この構造では深海《しんかい》に逃れることも困難《こんなん》だ。

（この艦自体には驚かされました。ですが、あなた方が期待《きたい》されているような機能は発揮できません。悪ければ初陣《ういじん》で撃沈《げきちん》。よくても拿捕《だほ》で終わりでしょう）

歯に衣着《きぬき》せぬ意見を、三人はごく注意深く聞いていた。話が終わると、マロリー・ジュニアはボーダとペインローズに目を向けた。

（……だ、そうだ。どうだね？）

（二〇〇点満点ですな）

ペインローズが言うと、ボーダが修正した。

（いや、二〇〇点だ。彼ならこの艦《ボート》をうまく使ってくれそうです）

彼らは私の批判《ひはん》を当然のように予想していたようだった。

（マデューカス中佐、君の言うとおりだろう。だとして、仮にそれらの問題がすべてクリアされた場合、この艦はどういった代物《しろもの》になると思うかね？）

（それは……）

そんなことができるはずがない、と思いながらも、私は生真面目《きまじめ》に想像してみた。

（おそろしい兵器システムになるでしょう。運用次第《うんようしだい》では世界中のほとんどの場所に、一個大隊相当《いっこだいたいそうとう》の戦力を突如出現《とつじょしゅつげん》させ、その力を発揮した後は影《かげ》のように消し去ることが可能になります。雑《ざつ》な破壊《はかい》しかできない核《かく》ミサイルや戦闘《せんとう》攻撃機の代わりに、もっとデリケートな攻撃力を行使《こうし》できるでしょう）

（そうだ、中佐）

マロリー・ジュニアがにやりと笑った。

（われわれはそうした兵器システムを実現できると考えている）

（ですが、不可能です）

（つい先日まではそう考えていたのだがね。ミスタ・ボーダが君に声をかけたとき、われわれはもっと小規模な『普通《ふつう》の潜水艦』、もしくは商船に偽装《ぎそう》した揚陸艦《ようりくかん》を任せるつもりだった。だが、協力者の出現で事情が変わったのだ）

（協力者？）

（彼女にはじきに紹介《しょうかい》しよう。いまはこれを読みたまえ）

そう言ってペインローズが一束の書類を差し出した。不審《ふしん》に思いながらも、私はその書類に目を通した。マロリー・ジュニアたちは他愛《たあい》もない世間話をしながら、私が書類を読み終わるのを待っていた。それは断片的《だんぺんてき》な資料と論文《ろんぶん》で、ごく技術的な見地《けんち》からいくつかの示唆《しさ》、いくつかの可能性を記述《きじゅつ》したものだった。

その書類には、あのでくのぼうを本物の超兵器《ちょうへいき》に仕立て上げるために必要な要素がすべてであった。

ＥＣＳの応用《おうよう》。

形状記憶合金製《けいじょうきおくごうきん》スクリューによるノイズの劇的《げきてき》な低下。

静粛《せいしゅく》、大容量《だいようりょう》のパラジウム・リアクターの艦船《かんせん》利用。

電磁流体制御《でんじりゅうたいせいぎょ》による『賢い肌《かしこはだ》』。

現在研究中の、より進んだ大出力の超伝導《でんどう》推進。

磁気探知《たんち》の欺瞞《ぎまん》手段《しゅだん》。

超複雑な艦船システムの超ＡＩによる積極的《せっきょくてき》制御。

(すばらしい)

両目を見開き、私はつぶやいた。

あのときの興奮《こうふん》は忘れられない。私はカールの家で、彼の細君から夕食をふるまわれた時と同じ気持ちだった。

もちろん課題はそれでもある。

予算。施設《しせつ》。人材。その他もろもろだ。

そう簡単に、この船を改造《かいぞう》することはできないだろう。だが、ただの夢想《むそう》のレベルではなくなっていた。しかるべき問題をクリアすれば、この船は生まれ変わるはずだ。

(気に入ってくれたかね?)

ボーダが言った。否《いな》とは言えなかった。

しかし、いったい、だれが?　これほどのすさまじい文書を?　どんな天才のベテラン技術者が?　ベテラン――そう、その文書の内容は、テクノロジーの実際についてよく知っている人間の書いたものにしか思えなかったのだ。

（さきほど『彼女』とおっしゃいましたな？　これはいったい――）

（美人だぞ。とびっきりのな）

ボーダはそう言ってまた笑った。だがその直後、彼はなにかを思い出したように、深く沈《しず》んだ顔をした。

（彼女はわれわれに協力したがっている。あのクウェートでの核使用。彼女はあれを、自分の責任だと考えているのだ）

彼の言葉が、私にはわからなかった。

（ECSを利用した核攻撃。いってみればステルス核ミサイルだ。それが使われた。その技術を提供したのは、間接《かんせつ》的とはいえ彼女だった。だから――彼女はそれを気に病《や》んでいる。そう、ひどく気に病んでいる）

私がその意味を理解したのは、もうすこし時間がたってからだった。

贖罪《しょくざい》の戦い。

滅多《めった》に表には出さないが、いまでも彼女の心の底には、いつもそれがあるのだ。

新しい生活が始まった。

軍を退役《たいえき》した私は、表向きは『ウマンタック』という海運企業《きぎょう》に就職《しゅうしょく》したことになっていた。海軍出身の人間が、海運企業やそれに関連した警備会社に雇《やと》われるのは珍《めずら》しいことではなかったので、ごく自然な隠蔽《カバー》だったといえるだろう。

普通のビジネスマンのふりをしながら、私は『プロジェクト985』の再生のために奔《ほん》走《そう》した。この艦の再設計と工事計画は、ボーダ氏言うところの『彼女』が進めており、私はその計画を実現するためにあれこれと動くような格好《かっこう》だった。

まったく新しいパラジウム炉《ろ》はロールス・ロイス社が建造し、推進システムはニューポート・ニューズ社が担当し、EMFC（電磁流体制御装置《そうち》）はジオトロン社が開発した。もちろんその他の部分も多岐《たき》に渡《わた》り、関連企業の数は数百にも上《のぼ》ったことだろう。

だがあくまでこれは秘密兵器だ。

部品の発注は入念に複数のルートを通し、実際に作業に携《たずさ》わる者には、それがなんの部品なのか推測が困難になるように工夫《くふう》した（工夫はしたが、完全にその目的を隠蔽《いんぺい》するのは無理《むり》だったことだろう）。

施設もだ。

まずメリダ島の地下水路を最低限の造船所兼整備《けんせいび》ドックにする必要があった。

保安的な理由から、作業員は最低限の人員で進めるのが理想的だったので、彼らの人選と作業の監督《かんとく》にも苦労した。中世日本では、城からの秘密の脱出路《だっしゅつろ》を工事した人間を、完成次第皆殺《しだいみなごろ》しにしてしまったなどという話を聞いたことがあるが——まさかそんな真似《まね》をするわけにもいかない。作業員にはメリダ島の位置が分からないようにあれこれ工夫し、その作業自体も『でっちあげの話』をもとに説明するよりなかった。

いわく、この工事はCIAの極秘《ごくひ》施設に関するものである。いわく、この工事は宇宙人を研究する『エリア55』に替《か》わる新たな秘密基地である。あれやこれやだ。本来の目的を隠《かく》し通すのは大変な困難だったが、情報部や研究部の協力もあって、最初に覚悟《かくご》したほどのものではなかった。

ただし予算はすさまじいものだった。

ただでさえ特殊《とくしゅ》な、一度きりの改修《かいしゅう》工事である。普通の潜水艦《せんすいかん》なら五〇ドルで済むような値段の排水《はいすい》パイプでさえ、この艦の場合は三〇〇ドルを越《こ》えてしまうことが珍しくなかった。

そうした予算の問題については、いちばん最初に私はボーダ提督《ていとく》たちに警告したのだが——彼らは『大丈夫《だいじょうぶ》だ』と言っていた。

いったいどこから、それだけの予算が出ていたのか——私にはいまもって分からない。マロリー家にとてつもない資産《しさん》があるのは知っていたが、たとえそうだとしても彼らの財産だけではまかなえなかったはずだろう。相応の出資者《しゅっししゃ》が多数いたのは明らかだ。マロリー家のコネクションなら、それら出資者──掛《か》け値《ね》なしの大富豪《だいふごう》たちだ──を募《つの》ることは不可能ではなかっただろうが、半端《はんぱ》な覚悟では無理《むり》だったはずだ。

まあ、カネのことはいい。

私は要求された通りに、この船を使い物にするべく知恵《ちえ》を絞《しぼ》るだけだ。むしろ問題は、この艦が本当に完成するのかどうか、だった。

世界最強の艦を作ろうというのだ。しかもそれを支える技術は、超革新《かくしん》的な実験的システムである。これで困難を伴《ともな》わないわけがない。『再設計』とは言っても、プロジェクト985の再儀装は、実際にはほとんど一からの出直しに近いもので、その作業は私のごとき一軍人には手に余《あま》る種類のものだった。

だというのに、当の設計者は姿を見せない。『彼女』とやらは、研究部（そのころには『チーム』から『部《ディビジョン》』になっていた）のどこかから、きわめて精緻《せいち》な指示を出してくるばかりだ。

もちろん、有能な技術者たちは周囲にたくさんいた。しかし複雑をきわめる艦全体のシステムについて、その全体像を把握《はあく》し、臨機応変《りんきおうへん》に対応できる人物となると──さすがにそれはいなかった。

いってみれば、われわれが作ろうとしている船は一個の生命に近い。それほどまでに、その艦のシステムは複雑、精密《せいみつ》だったのだ。私には扱《あつか》いきれない。それができるのは、顔も見たことがない『彼女』だけだった。

こんなシステムの建造が、伝言ゲーム、ファックスのやり取りだけでうまく行くわけがない。

私はとうとう業《ごう》を煮《に》やして、ボーダ提督に『これ以上、その「彼女」とやらと直接話をさせないのなら、この計画は諦《あきら》めざるをえない』と告げた。

ボーダもそれは分かっていたようで、肩《かた》をすくめてこう言った。

(OK。そろそろ無理があるとは思ってたんだ。彼女も不満だったようでね。これからそちらに彼女を寄こそう)

そうして、やってきたのだ。

複雑怪奇《かいき》にして世界最強の兵器システム、この私でさえ手に負えない怪物《かいぶつ》を設計した超天才。

彼女の名前はテレサ・テスタロッサといった。

八年ぶりの再会だ。

あのすさまじい仕事を、この少女が？　当然私は驚《おどろ》いたが、カールからいろいろと聞いていたから、取り乱すほどではなかった。納得《なっとく》できたのだ。

一方の彼女は私を見るなり、まずこう言った。

（マデューカスさん。あなたがたの手際《てぎわ》の悪さには、正直、わたしは呆《あき》れています。どうしてBSY－2システムのソフトの書き換《か》えに二日もかかるんですか？　わたしなら二時間で済ませてますけど？）

そんなことを言われても、腹を立てる気にもならなかった。なにしろ彼女はまだ一二歳《さい》だった。そしてなによりも、彼女が元気で、しかも生意気《なまいき》な口を私にきいてきたのに心から救われる思いだったのだ。

カール。

君が命をかけて守った娘《むすめ》は、この通り私に憎《にく》まれ口を叩《たた》いているぞ。

そう思った。

テレサはいまよりももっと小柄《こがら》だった。折《お》れてしまいそうなほどほっそりとした体つきと、利発《りはつ》そうな大きな瞳《ひとみ》は変わっていない。そのころは制服《せいふく》もなかったので、どこかの学生のようなスーツ姿だった。

（こんな調子では、艦が完成するころには、私がおばさんになってしまいます）

（ですな）

（ジェリーおじさま――ボーダ提督から了解《りょうかい》はとってあります。この子がものになるまで、私はこの島に居座《いすわ》りますから。いいですね？）

そう宣言《せんげん》すると、彼女は私に小さな右手を差し出した。別に握手《あくしゅ》を求めているわけではなかった。

（そんなわけなので、現在の進行表をください。それから話し合いましょう。できるだけ建設的《けんせつてき》にね）

私は苦笑《くしょう》しながら、『イエス・マム』と言った。軽い敬礼《けいれい》の真似事もした。

それが最初の敬礼だ。

本気で彼女を指揮官として認め、もっとしっかりとした敬礼をしたのは、もう少し後のことになる。

その件についても、紆余《うよ》曲折はあったのだが――それはまたの機会にしよう。潜水艦《せんすいかん》戦と同様、その経緯《けいい》には正確な記述《きじゅつ》が求められるだろうから。

ともかくその数年後、悲劇の艦として終わるはずだった『プロジェクト985』は、強襲《きょうしゅうようりく》揚陸潜水艦〈トゥアハー・デ・ダナン〉として生まれ変わった。彼女の力がなければ、決して実現《じつげん》はしなかったはずだ。

そして私はあの艦の副長となり、度重《たびかさ》なる危険とあいまみえることになった――

〔了〕

大食いのコムラード

パトカーがサイレンをかき鳴《な》らし、かなめたちの横を通り過《す》ぎていった。

学校からの帰り道のことである。パトカーだけでなく、地元の消防団《しょうぼうだん》も走り回っているし、上空にはどこかのヘリが頻繁《ひんぱん》に飛んでいるしで、なにやらきょうの町は騒《さわ》がしい。だがそれでいて、道を行き交《か》う人の数は、どこか少ないような気もする。

「はて……？」

かなめは眉《まゆ》をひそめた。そばには恭子《きょうこ》と宗介《そうすけ》が並《なら》んで歩いている。

「なんかあったのかしら？　騒がしいような物寂《ものさび》しいような……」

「さあ？　わかんないけど」

と、恭子が言った。

「俺《おれ》も知らん。この町の雰囲気《ふんいき》は、フィリピンかタイあたりのクーデターでも連想《れんそう》するが……。自衛隊《じえいたい》が不穏《ふおん》な動きでも見せたのかもしれんな」

と、宗介が言った。

「……なワケないでしょ。ソースケはきょう大人《おとな》しかったし……通り魔《ま》でも出たのかなー？」

「ならば問題ない。見つけ次第《しだい》射殺《しゃさつ》する」

「はいはい……と。それにしても……」

かなめは先刻《せんこく》からの話題に戻《もど》った。さっき恭子から受け取った五、六枚の写真を見返し、ついつい表情《ひょうじょう》をほころばせる。

「かわいいなぁ〜〜〜〜。まだ生後四か月だっけ？　やーん、ふわふわしてるよー。ぬいぐるみみたい」

それは子猫《こねこ》の写真だった。タオルの上で身を丸めて、うっとりと目を細めている。恭子の家で最近飼《か》い始めた、アメリカン・ショートヘアである。次の一枚は、その子猫がやわらかい前脚《まえあし》で、ほ乳瓶《にゅうびん》にすがりついてる図。さらにその次は、まんまるな瞳《ひとみ》でカメラを見上げて、なにかを無邪気《むじゃき》に訴《うった》えている図。どれも愛らしさ大爆発《だいばくはつ》で、自然と顔がふにゃふにゃしてしまうのだった。

「へへ。かわいいでしょー。昼休みに、たまたま屋上で鉢合《はちあ》わせした阿久津《あくつ》さんたちにこの写真見せたら、スゴかったよ。硬派《こうは》とふにゃふにゃの間での葛藤《かっとう》が」

「あっはっは。それでこの子、なんて名前なの？」

「うん、ミアちゃんっていうんだー」

恭子がにっこりと言うと、かなめは渋《しぶ》い顔をした。校内で仲の悪い女子生徒の名前と同じだったからだ。

「……名前はイマイチね。今度キョーコんち行ったら、じっくりと肛門《こうもん》を眺《なが》めたりして辱《はずかし》めてあげましょう」

「だ、だめだよー！ それにミアちゃん、男の子なんだからね⁉」

「あ、そうなの。まあ、それはさておき。いいなあ……あたしもこういう猫ちゃん、欲《ほ》しいよう……。独《ひと》り暮《ぐ》らしの身じゃ、難《むずか》しいとは分かってるけど……」

かなめはため息をついた。

「だが千鳥《ちどり》。君はハムスターを飼っているだろう。猫など飼った日には、たちまちその牙《きば》の餌食《えじき》だぞ。さしたる栄養《えいよう》にもならないだろうが……」

宗介が言うと、かなめは肩《かた》を怒《いか》らせた。

「あんた、なんてこと言うのよ⁉ あたしのハムスキーをそういう目で見てたわけ⁉」

「いや。俺は猫という動物の獰猛《どうもう》さを警告《けいこく》しただけだ」

「獰猛ですって？ せっかくキョーコの猫ちゃんに萌《も》えまくってたのに……禍々《まがまが》しいことばかり言わないでよ！ くぬっ、くぬっ！」

「痛い。痛い」

膝蹴《ひざげ》りで宗介の尻《しり》を小突《こづ》き回すかなめ。その姿《すがた》をとろんとした目で眺めて、恭子はつぶやいた。

「まあ、ある意味《いみ》すでに、カナちゃんって犬なら飼ってるよね……」

そうした的確《てきかく》な言葉には耳を傾《かたむ》けず、宗介はかなめから一定の間合《まあ》いを取ると、クールにこう言った。

「千鳥。君の言わんとすることは分かる。だがハムスターや子猫ごときで騒がれてはかなわんな。むなしいペット自慢《じまん》だ」

「なんですって!?」

「実は話していなかったのだが——俺も猫を飼い始めたのだ」

宗介がペットを。

意外《いがい》に思いながらも、かなめは腕組《うでぐ》みして反《そ》り返った。

「ほーう？　猫ですって？」

「ああ。正直に言って、君のハムスターや常盤《ときわ》の子猫など、ものの数ではない」

「むっ……」

「美しい白猫でな。シロと名付けた」

「シロ……？　つまんない名前ねえ……」

「シンプル・イズ・ベストだ。白いからシロ。問題ない」

『はあ……』

どうせ、その辺の野良猫《のらねこ》でも、警備用途《けいびようと》で上手に餌付《えづ》けしたのだろう。気のない相槌《あいづち》を打ちながら、かなめは鼻で笑ってしまった。

「ふふん。白い毛の綺麗《きれい》さだったら、うちのハムスキーも見事《みごと》なもんよ？　そこまで言うんだったら、見せてもらおうじゃないの」

かなめは挑《いど》むように言ったが、宗介はのほほんと肩をすくめるだけだった。

「かまわんぞ。なにかと学校で世話《せわ》になっている君たちだ。自慢のシロを紹介《しょうかい》するのも悪くはない」

「ほほう？　じゃあ、これからあんたのマンションに行こっか。キョーコは？」

「うん、行く行くー！　さっき相良《さがら》くん、うちのミアちゃんのことバカにしたでしょ!?　さすがにそれは納得《なっとく》いかないもん！」

恭子も珍《めずら》しく憤懣《ふんまん》をあらわにしていた。

「うっし、決まり。じゃ、さっそく。いいわね？」

「いいだろう。だがその前に……」

と、宗介は言った。腕《うで》時計を一瞥《いちべつ》してから、商店街のスーパーに目を向ける。

「シロのエサを買っていかねばならない。すこし待っていてくれ」

そう言って、宗介は足早にスーパーへと向かっていった。彼の後ろ姿《すがた》を見送り、かなめと恭子はつぶやく。

「でも……意外だね。相良くんがペットだなんて」

「うん。しかも猫とはねえ……」

その二人の背後《はいご》を、ふたたびパトカーがサイレンをかき鳴らしながら通り過ぎていった。

やたらと大きな買い物袋《ぶくろ》を提《さ》げた宗介の後について、かなめと恭子は彼のマンションの共通廊下《きょうつうろうか》を歩いていった。

「そーいえばあたし、相良くんのお部屋行くの、初めてかもしんない」

恭子が言った。

「そーだっけ？」

「カナちゃんはよく行くの？」

「へ……？　いや……まあ……たまに」

かなめと宗介のマンションは、向かい合って建っている。ごく近所だ。

「ふーん……」

横目で意地《いじ》悪く鼻を鳴らす恭子。

「なによ」

「別に～。うふふ」

夕食やらなにやらで、あれこれと宗介の世話《せわ》を焼いていることは恭子も知っている。だが最近のかなめは、なりゆきで洗濯物《せんたくもの》の面倒《めんどう》まで見ることもしばしばだった。『ひとり暮《ぐ》らし同士《どうし》、一緒《いっしょ》に洗った方が節約《せつやく》になるでしょ。それに男物をベランダに干《ほ》しとくと、防犯対策《ぼうはんたいさく》になるのよねー』などと、軽い気持ちで引き受けてしまったのだが——さすがにこれは他人には勘《かん》ぐられるだろうと思って、だれにも話していない。恭子にもだ。

父親の洗濯物さえ、自分のものとは別々に洗うのが珍《めずら》しくない年頃《としごろ》の娘《むすめ》が、男友達のシャツやらなにやらを洗っているというのは、ある意味《いみ》、単に『親しい』という領域《りょういき》を大きく踏《ふ》み越《こ》えているともいえるし。

それはさておき——

「む……鍵《かぎ》が出せん。持っていてくれ」

マンションの自室の前まで来ると、宗介は両手に提げていたビニールの買い物袋を、かなめと恭子に差し出した。

受け取ると、ずしりとくる。

ぎっしり詰《つ》まった袋の中を覗《のぞ》き込み、かなめは眉《まゆ》をひそめた。

「なにこれ……？　肉ばっかかじゃない」

宗介は無言《むごん》で鍵を回し、扉《とびら》を開けて玄関《げんかん》に足を踏み入れる。二人は怪訝顔《けげんがお》でその後に続いた。

「足下《あしもと》に気を付けてくれ。ブーツやら弾薬箱《だんやくばこ》やらにつまずくぞ。……シロ！　いま帰ったぞ！　シロ！　寂《さび》しかっただろう！」

猫の名前を叫《さけ》ぶ宗介の後から、かなめたちはリビングに入っていった。いつも通りの、宗介の部屋だ。武器《ぶき》類、弾薬類、防弾《ぼうだん》ベストに迷彩服《めいさいふく》——その奥《おく》の寝室《しんしつ》から、シロがぬっと出てきた。

『ぬっ』と出てきたのである。

普通《ふつう》、猫は『ちょこっ』とか『ひょいっ』と出てくるものだ。しかし、宗介言うところのシロなる『猫』は、寝室の暗闇《くらやみ》から、『ぬうっ』と出現《しゅつげん》した。

その白猫は体長二・五メートル、肩の高さは一メートル超《ちょう》で、おそらく体重は二五〇キログラム以上だった。

つややかな白い体毛に浮《う》かぶ、美しい黒の縞模様《しまもよう》。幾何学的《きかがくてき》にみても、完璧《かんぺき》なパターンである。大型バイクに四本脚《あし》をつけたような巨体《きょたい》。四肢《しし》は野太《のぶと》く、それでいてしなやかだ。左目がつぶれていて、大きな傷跡《きずあと》が『メ』の字型に入っている。

「があ……」

大きな口が裂《さ》けて、牙が剥《む》き出しになった。どうやらあくびらしい。かなめの首など、苦もなく一撃《いちげき》で引き裂《さ》いてしまいそうな、それはそれは狂暴《きょうぼう》なサイズの牙だった。

「ぐるる……」

かなめと恭子は凍《こお》り付いたまま、悲鳴《ひめい》ひとつあげられずにいた。銃器《じゅうき》やら爆弾《ばくだん》やら地雷《じらい》やら――そういうのは、もう慣《な》れたつもりだった。

しかし、これは。こういう脅威《きょうい》は、まったく未知《みち》のものだった。

「う……あ……」

完全に言葉を失ったかなめたちの前で、シロなる『猫』が、うなりながら前脚で宗介に飛びかかった。

宗介はその前脚と体重を全身で受け止め、シロの後頭部《こうとうぶ》を力強く撫《な》でてやった。むしろ撫でるというより、ひっかき回すような勢《いきお》いである。シロは宗介の頭にかじりつかんばかりに、彼の顔面を舐《な》め回す。その舌《した》がまた、雑巾《ぞうきん》みたいなデカさであった。

「おうよしよし。偉《えら》いぞ、シロ。ちゃんと留守番《るすばん》していたな」

ただ荒《あら》く太い息づかいと、べちゃべちゃ鳴《な》る舌の音だけが、室内に響《ひび》き渡《わた》っていた。

「あ、あんた……それ……」

かろうじて、かなめはそうつぶやいた。恭子ともども、いつでも部屋から逃《に》げ出せる体《たい》勢《せい》だ。

「こいつがシロだ。かわいい猫だろう」

「ちがう、それトラ！」

「そうとも言うらしいな」

じゃれつくトラ——非常《ひじょう》に珍しい白虎《びゃっこ》の顔を押《お》しのけて、宗介がこともなげに言った。

思うさま舐められて、頭がぐしょ濡《ぬ》れ状態《じょうたい》である。

「ぐるる」

「ああ、シロ。わかっている。腹《はら》が減《へ》ってるんだな？　好きなだけ食っていいぞ」

そう言って宗介は、かなめと恭子を指さした。

「ひっ⁉」

「あ、あたしたちを食べさせる気っ⁉」

壁《かべ》に背中を押しつけ、かなめと恭子は青ざめた。

「ちがう。その肉をやってくれ」

「へ？　う……うわっ」

ようやく自分たちが、生肉の詰《つ》まったスーパーの袋を持っていることに気付く。二人は
あわてて袋を放《ほう》り投げた。

「ぐるる」

たちまちシロはその袋に飛びかかると、鋭《するど》い爪《つめ》でビニールを引き裂《さ》き、生肉をがつがつとむさぼりはじめた。引っ張《ぱ》ったり、咬《か》みちぎったり。肉汁《にくじゅう》と血が飛《と》び散《ち》り、骨付き肉の骨《ほね》がばりばりと砕《くだ》けるいやな音が響く。

「いい食べっぷりだろう。シロは食いしん坊《ぼう》なのだ」

「く、食いしん坊とか、そういう問題では……」

「いまはスーパーや肉屋でエサを調達《ちょうたつ》しているが、専用《せんよう》の冷凍庫《れいとうこ》が届《とど》いたら、直接《ちょくせつ》、数百キロ単位で牛肉を仕入《しい》れる予定だ。食費《しょくひ》も馬鹿《ばか》にならんからな」

「う、うう……」

そのおり、窓《まど》の外から拡声器《かくせいき》の声が聞こえてきた。街頭宣伝車《がいとうせんでんしゃ》かと思ったが、どうも違《ちが》うようだった。市の車が、町を巡回《じゅんかい》してなにかを訴《うった》えているのだ。

『――です。万一のため、市民の皆様《みなさま》は自宅《じたく》から出ないようにしてください。また屋内を回って、必ず戸締《とじ》まりを確認《かくにん》してください。高いところにある窓なども、トラは簡単《かんたん》にくぐり抜《ぬ》けてしまいます。……えー、繰《く》り返します。府中市《ふちゅうし》の業者《ぎょうしゃ》が飼育《しいく》していたベンガルトラの雄《おす》が昨夜《さくや》、檻《おり》を破《やぶ》って逃走《とうそう》したという通報《つうほう》が、本日一五時過ぎに入りました。トラは現在《げんざい》も捕獲《ほかく》されていませんが、調布市内の多摩川《たまがわ》町や下石原《しもいしはら》町の周辺《しゅうへん》で、その痕跡《こんせき》が発見されています。逃走からの時間を考えると、トラは現在、空腹《くうふく》だと思われます。住民の皆様は、自宅から出ないようにしてください。また屋内を回って、必ず戸締まりの確認を――』

そんなアナウンスだった。

謎《なぞ》は解《と》けた。頻繁《ひんぱん》に町をゆくパトカーやら、消防団《しょうぼうだん》の騒《さわ》ぎやら、妙《みょう》に少ない人通りやら――あれはみんな、こいつのせいだったのだ。そういえば下校時、ちょうど校門を出ていこうとしたところ、神楽坂《かぐらざか》先生が校内放送で、『これを聞いている生徒は、いますぐ校舎《こうしゃ》内《ない》に戻《もど》りなさい！』だとか切迫《せっぱく》した声で叫んでいた。面倒《めんどう》くさいので、無視《むし》してしまったのだが……。

「心配するな、千鳥。俺の知る限《かぎ》り、シロは人間を食べたことはない」

「ぐるるおん」

肯定《こうてい》するように、シロがうなる。

「こ……の……」

ばし――んっ!!

トラが興奮《こうふん》する危険《きけん》さえ考えもせずに、かなめは全力で突進《とっしん》していって、宗介の頭をハリセンで思い切りはたき倒《たお》した。さいわい、シロは自分の食事に夢中《むちゅう》らしく、ぶっ倒された宗介をちらりと一瞥《いちべつ》しただけで、ふたたび骨付き肉をがりがりとかじる作業《さぎょう》に戻っていった。


「痛いじゃないか」

「やかましい！」

背後《はいご》であたふた制止《せいし》しようとする恭子には気づきもせず、かなめは怒鳴《どな》りつけた。

「銃やら爆弾やらはともかく――今度はトラ!? トラですって!?」

「トラとは言っても、大きな猫《ねこ》だ」

「……なワケないでしょ!?」

かなめはぐいぐいと宗介の首根っこを絞《し》め上げる。その剣幕《けんまく》を見て、シロは不安げに喉《のど》を鳴らした。ご主人をいたぶる見知らぬ人間の女に、なにがしかの脅威《きょうい》を感じたようにも見える。

「いったいどういうことなのよ!? 説明しなさい！」

「うむ。話すと長くなるのだが……」

宗介は腕組《うでぐ》みして、天井《てんじょう》を見上げた。

「あれは二年前、俺がアフガンを離《はな》れ、傭兵《ようへい》として東南アジアで戦っていたときのことだ。当時、俺はミャンマーの反政府軍に雇《やと》われていてな……」

ミャンマーといったら、平均的な日本人は軟禁《なんきん》されたりされなかったりのスー・チーさんくらいしか連想《れんそう》しないのが常《つね》だ。

だがこの国には、いろいろ問題のある軍事《ぐんじ》政権《せいけん》に反旗《はんき》を翻《ひるがえ》す、少数民族の反政府軍がいるのだったりする。宗介はとあるきっかけで、その反政府軍に参加《さんか》して、政府軍とドンパチを繰《く》り広げていた。その作戦の関係で、宗介はインドとの国境《こっきょう》にほど近いチャウカン峠《とうげ》に、小部隊と共に潜入《せんにゅう》したのだった。

「詳細《しょうさい》はさておくが、俺が派遣《はけん》されたミャンマー北部は、反政府軍の支配《しはい》地域《いき》から遠く離《はな》れている。味方《みかた》の支援《しえん》など望《のぞ》むべくもない土地だ。そこで俺のチームは、仲間のヘマで敵《てき》に発見され、派手《はで》な戦闘《せんとう》をやらかす羽目《はめ》になった。おとり役を引き受けたために、仲間とはぐれてしまってな。一人でジャングルをさまよっているときに、出会ったのがこいつだったのだ」

満腹《まんぷく》で上機嫌《じょうきげん》なシロの背中を撫でつつ、遠い目をして、宗介は述懐《じゅっかい》した。

「その頃《ころ》はまだ小さな子供でな。おそらく戦闘の流れ弾《だま》が原因《げんいん》だと思うが——母親は死んでいて、こいつも怪我《けが》をしていた。この左目。つぶれているだろう、これはそのときのものだ。放っておいたら死ぬだけだったので、手持ちの装備《そうび》で手当《てあ》をしてやり、何日間か面倒を見てやった。どうせ敵の包囲網《ほういもう》が広がっていて、俺も身動きできなかったのだ。ある時は、こいつの母親の遺体《いたい》の臭《にお》いが、敵をあざむくのに役立ったりもした」

「は、はあ……」

こういう話になると、かなめとしては『はあ』としか言いようがない。

そうして数日後、敵の包囲網からの脱出《だっしゅつ》のチャンスが巡《めぐ》ってきた。シロはどうにか歩けるくらいまで回復《かいふく》していたが、その後、この過酷《かこく》な密林《みつりん》で生き延《の》びていけるかどうかは難《むずか》しいところだった。だが、そのために自分の身を危険《きけん》にさらすわけにもいかない。もし敵に捕《つか》まったら、過酷な拷問《ごうもん》と処刑《しょけい》が待っているのは明らかだ。

「やむをえないことだった。俺はギリギリまで看病《かんびょう》をしたあと、手持ちの食料の半分とこいつを置いて、その地を後にした。正直、生き延びることができるとは思っていなかった。どうにか帰還《きかん》することはできたが、ずっと気がかりでな」

その後、宗介はたまたま一緒《いっしょ》に戦った日本人の傭兵に、怪我をした白い子トラのことを話した。そのときはその傭兵も、『へえ。そんなことがあったのか』くらいの相槌《あいづち》を打つだけだったのだが、ついおととい、さるルートを通じて彼が連絡《れんらく》してきたのだという。

その元戦友は、高価《こうか》な動物の密輸業者《みつゆぎょうしゃ》に転身したそうで——仕事の関係から、『ミャンマー北部で捕獲《ほかく》された、左目のつぶれた白いベンガルトラ』が、ひそかに東京の密輸業者の元に運び込まれたことを知ったのだ。彼から『ひょっとすると、ありゃ、おまえの言ってた子トラじゃないのか?』と言われては、宗介もじっとしていられない。

「しかもこいつが囚《とら》われているのは、となりの市内だということだ。そういうわけで昨夜《さくや》、その密輸業者が使っている倉庫《そうこ》に忍《しの》び込んでみた。まちがいなく、俺がミャンマーでの作戦中に出会った奴《やつ》だった。たまたまやってきた業者連中の話を盗《ぬす》み聞きしたところ、薬殺《やくさつ》して剝製《はくせい》にして、どこかの金持ちに売るつもりらしい。そんな暴挙《ぼうきょ》はもちろん許せなかったので——」

　あぐらをかいた宗介は、ぽん、とシロの背中を叩《たた》いた。

「——これこの通り、檻《おり》を破《やぶ》って連れてきた次第《しだい》だ」

「ぐるるん☆」

　巨大《きょだい》なベンガルトラが目を細め、宗介に頰《ほお》をすりすりと寄《よ》せる。なんだか、妙《みょう》に仲が良さげだ。確《たし》かに、いいペットだと言えないこともなかった。

「じ……事情《じじょう》はおおよそわかったけど……」

　かなめはこめかみを指先で押《お》さえながら言った。

「あんた、本気でこの子を飼うつもり?　いまだって町中が大騒《おおさわ》ぎじゃないの」

「そのうち、ほとぼりも冷《さ》めるだろう」

「冷めるわけないでしょ⁉　この子が捕まらない限《かぎ》りは、みんな安心して外を出歩けないじゃないの！」

「いや。何度も言っている通り、こいつは人を襲《おそ》ったりしない」

「だとしてもこの子、野生《やせい》のトラでしょう？　ずっとこの部屋に閉じこめとくなんて、かわいそうだよ。もしあたしがこの子の立場だったら、絶対《ぜったい》ノイローゼになっちゃう」

「問題ない。きちんと毎晩《まいばん》、散歩《さんぽ》はさせるつもりだ。昨夜もさっそく、近所《きんじょ》を歩かせてやった。シロは夜行性《やこうせい》だしな。あちこちにマーキングを始めたところだ」

「そのせいで近所が大騒ぎになってるんでしょーが！　世間《せけん》の迷惑《めいわく》を考えなさい！」

「責任《せきにん》を持って飼育する。俺を信じてくれ」

「そーじゃなくて、現実《げんじつ》問題として無理《むり》だって言ってんのよ！　こんなマンションじゃ飼えないでしょ？　もとの場所に置いてきなさい！」

「そんなことをしたら、こいつは死んでしまう」

そんなやりとりをする二人を傍観《ぼうかん》し、恭子はぼそりとつぶやいた。

「なんか、会話の雰囲気《ふんいき》だけ聞いてると、雨の中で子猫《こねこ》を拾《ひろ》ってきた子供と、そのお母さんみたいだね……」

もちろん二人は聞いていない。

「あー。だったら、そのミャンマーとやらに送り返しなさいよ。それがこの子のためでしょうが」

「ダメだ。シロの故郷《こきょう》は現在、内戦の影響《えいきょう》で地雷《じらい》だらけなのだ。森林の伐採《ばっさい》も進んでいて──帰ったところで、生きていくことはできないだろう」

「じゃあ、どうすんのよ!?」

「だから、ここで飼うと言っているのだ」

「ああ、もう……」

かなめは深いため息をついてから、頭をぼりぼりと掻《か》いた。

「だったら勝手にしなさいよ。ただし、どんなことになっても知らないからね!?……うわっ。ちょ……やっ……ひいいっ！」

投げやりな調子《ちょうし》で言ったかなめにシロがじゃれつき、その勢《いきお》いで押し倒《たお》した。

「ぐるるぅん」

「む。シロは君が気に入った様子《ようす》だぞ。かわいいと思うのだが……。考え直してくれないか、千鳥」

「い……いやあぁぁあぁぁっ!!　いやあぁぁあぁぁっ!!」

恭子はガタガタと震《ふる》えるばかりだ。ざらざらした巨大な舌で、徹底的《てっていてき》に顔面を舐《な》め尽《つ》くされ、かなめは悲痛《ひつう》な叫《さけ》び声をあげた。

トラの食費《しょくひ》は半端《はんぱ》ではない。さすがの宗介でもすぐに音《ね》を上げるだろうと思っていたのだが、早くもその深夜《しんや》、異変《いへん》は起こった。

かなめがパジャマ姿《すがた》で眠《ねむ》っていると、外からサイレンが聞こえてきた。これまでよりもひときわ大きい音だ。人の悲鳴《ひめい》も。

「む……うぅぅん……」

もぞもぞと身を起こし、PHSに手を伸《の》ばす。ひょっとしたら——そう思って、宗介に電話してみると、まさしくその通りだった。

「もしかして……なんかあったの？」

『千鳥か。実はシロが……家出してしまった。俺が近所のコンビニに買い物に出かけた間に、扉《とびら》を壊《こわ》して……散歩《さんぽ》を我慢《がまん》させたのがまずかったかもしれん』

どこか屋外を走り回っているのだろう。切迫《せっぱく》した声だ。たちまち彼女は『がばっ』と起きあがった。

「ほらやっぱり！　どーするのよ、一体⁉」

『厄介《やっかい》なことになった……』

「あー、もう！　で？　あんたはいまどこにいるの？」

いそいそとパジャマの上にジャケットを羽織《はお》りつつ、彼女はたずねる。

『すぐ近所を探している。多摩川《たまがわ》べりの、京王線《けいおうせん》の橋脚《きようきやく》の下なのだが……。シロは河川《かせん》に近いブッシュを好むのだ』

「で、どーするつもり？　あんたに負けず劣《おと》らずの武器持った、おっかないおじさんたちがうろうろしてるわよ？」

すでに近所は、パトカーと消防車とテレビ局の中継車《ちゆうけいしや》だらけだ。ニュースの中継を見たところ、ベスト姿に猟銃《りようじゆう》を持った、ハンターの姿も見受けられる。

『なんとかなると思ったのだが……』

「ナわけないでしょ？　かわいそうだけど、さすがに飼うのは無理だってば。さいわい被害《ひがい》も出てないし、早く見つけて引き渡《わた》して、おしまいにしときなさいよ」

短い沈黙《ちんもく》。それから宗介は、強《し》いて淡々《たんたん》とした声で言った。

『そうはいかない。いまのテレビ局や新聞は、嘘《うそ》ばかり垂《た》れ流しているからな。シロのことを、まるで人食い虎《とら》のように報道《ほうどう》し、射殺《しやさつ》されて当然《とうぜん》のように扱《あつか》っているのだ』

「だとして、どうするの？」

『シロを狙《ねら》うハンターたちを、俺が始末《しまつ》するまでだ』

がちゃりと、金属音が響《ひび》く。おそらくはサイレンサー付きのサブマシンガンだろう。

「それで済《す》めばいいけど……って、ちがうでしょ⁉」

『あいつは戦友なんだ』

あくまで真面目《まじめ》に、宗介は言った。

『敵《てき》に包囲《ほうい》され、絶体絶命《ぜったいぜつめい》だったあの数日間、一緒《いっしょ》に過《す》ごした唯一《ゆいいつ》の相手が——あいつだった。食料を分け合い、苦痛《くつう》に耐《た》え、息をひそめた。戦友を見捨《みす》てることなど、考えられない』

「…………」

そのとき、電話の向こうで叫び声がした。なにかにおびえたような悲鳴と、『いたぞ』『向こうだ』『回り込め』などといった怒鳴《どな》り声。宗介の声が緊張《きんちょう》する。

『シロが危《あぶ》ない。助けなければ』

「ちょ……待ちなさいってば！」

『さいわいシロは満腹なので、人を襲うとは思えん。ともかく、飼い主の責任《せきにん》を果《は》たす』

「あー、だめ！　ヤバいって！　聞いてるの、ソースケ⁉」

かなめの制止《せいし》も聞かずに、宗介は電話を切ってしまった。

その後の騒《さわ》ぎといったら、目も当てられない状態《じょうたい》だった。宗介の素性《すじょう》や正体が、世間《せけん》に知れ渡《わた》らなかったのが不思議《ふしぎ》なくらいだ。

多摩川の河川敷《かせんじき》でゴロゴロしていたシロを、ハンターが包囲した。宗介は夜闇《よやみ》に隠《かく》れながら、ハンターたちに忍《しの》びより、スタンガンや薬物《やくぶつ》で一人ずつ『始末』していった。遠くからシロを観察《かんさつ》していた警察《けいさつ》や消防隊《しょうぼうたい》は、発煙弾《はつえんだん》とスタン・グレネードで引っかき回してやった。

上空を飛び交《か》うテレビ局のヘリには、容赦《ようしゃ》なく狙撃《そげき》。油圧系《ゆあつけい》に被弾《ひだん》したヘリコプターは、ふらふらと尻《しり》を振《ふ》りながらその場を遠ざかっていった。

相手が死なないように手加減《てかげん》しているとはいえ、宗介の戦いぶりは、まさしく『獅子奮迅《ししふんじん》』と形容《けいよう》すべきものだった。

そんなこんなで敵を追い払《はら》ったあと——河川敷の藪《やぶ》の中で、周囲《しゅうい》の異変におびえ、そわそわと縮《ちぢ》こまっていたシロを見つけ、宗介は匍匐前進《ほふくぜんしん》で近寄った。

「シロ。無事《ぶじ》か」

「ぐるる……」

体重二五〇キロのトラが、涙目《なみだめ》で宗介にすがりつく。

「おおよしよし。あれほど『許可無《きょかな》く外出するな』と言いつけたのに……。この町はおまえが育った場所よりも、はるかに危険《きけん》なんだぞ？」

「ぐるるぉん」

「うむ、わかればいい。おやつのプリンも一ダースほど買ってあるぞ。では、帰ろう」

「ぐるん☆」

「帰るなっ！」

どこからともなく現れたかなめが、匍匐前進の姿勢《しせい》のまま、宗介の後頭部をハリセンではたいた。

「………。千鳥、痛いじゃないか」

「ぐるるん……」

宗介とシロは不服《ふふく》そうな顔で、闇夜《やみよ》の中のかなめを見つめた。彼女は泥《どろ》まみれのパジャマ姿で、おばさんサンダル、薄手《うすで》のジャケットを引っかけた格好《かっこう》だ。

「しかし、よく俺たちの隠《かく》れている場所を見つけたものだな……」

「なんか最近、あんたの行動《こうどう》パターンとか活動範囲《かつどうはんい》とか、そこはかとなく読めるようになったのよね……」

「野生の勘《かん》ということか」

「飼《か》い主の責任《せきにん》よ。それはともかく……ここまで騒《さわ》ぎを大きくしといて、帰るもなにもないでしょ？」

「うむ……。確《たし》かに警察無線《けいさつむせん》を傍受《ぼうじゅ》したところ、敵は増援部隊《ぞうえんぶたい》をこちらに回している様子だ。うまく一か所におびき寄せて、クレイモア地雷《じらい》で一網打尽《いちもうだじん》にする手もあるが……」

「ねーわよ！」

かなめに張《は》り倒された宗介を、けなげにかばうようにしてシロがうなる。

「ぐるるーん……」

「大丈夫《だいじょうぶ》だ、シロ。彼女は凶暴《きょうぼう》だが、飢《う》えていない限《かぎ》りトラを襲《おそ》ったりはしない。ただし気の荒《あら》い生き物なので、なるべく興奮《こうふん》させないように気をつかってくれ」

「ぐるん」

「あのー……。気の荒い動物らしく、興奮して暴《あば》れたりしてもいい……？」

肩《かた》を震《ふる》わせうつむくかなめ。

そんな三人のひそむ藪のはずれで、男の声がした。

（こっちだ！　血痕《けっこん》があったぞ！）

（気を付けろ！）

（麻酔《ますい》はだめだ！　射殺《しゃさつ》しろ！）

早くも追跡隊《ついせきたい》が、こちらを包囲《ほうい》した様子だった。いよいよピンチだ。

それに――血痕？

「問題ない。俺の負傷《ふしょう》だ」

額《ひたい》に脂汗《あぶらあせ》を浮《う》かべて、宗介が言った。よく見れば、右の上腕《じょうわん》部が血にまみれている。

「ハンターの一人が強く抵抗《ていこう》してな。ナイフを振《ふ》り回されて、少々手こずった。もちろん、丁寧《ていねい》に無力化《むりょくか》したが」

「って、そんな……」

かなめは絶句《ぜっく》してしまった。ここまで無理《むり》をして、このトラを守ろうとする宗介が理解《りかい》できなかったのだ。

――いや。

そうではない。おかしな話ではないのだ。宗介はいつも全力で友達を守る。ただひたすら、ひたむきに。

あたしのときもそうだった。

大怪我《おおけが》をしても、必死《ひっし》であたしを守ろうとした。

「なんか、すっげー意外なライバルね……」

「？　なんの話だ？」

「ぐるん？」

「いや……。まあ、それはさておき。話を戻《もど》すと、どーするのよ？」

強《し》いてクールな声色《こわいろ》を装《よそお》い、かなめは言った。

「さっきも言ったけど、実際《じっさい》のところ、あんたの思うように飼育するのは無理だと思うのよね……。シロちゃん、人食い虎とかじゃなくて、いい子だってのはもうわかったけど……」

「む……」

「ぐる……」

宗介とシロは同時にうつむく。

「なんにしたって、その気になれば一撃《いちげき》で人を殺せる危険な猛獣《もうじゅう》……ってことには変わりないわけだし。普通《ふつう》の小さなペットみたいに連れ回すのは、さすがに無理があると思うんだけど」

「そんなことはない。努力すれば、こいつも適応《てきおう》できるはずだ」

「できないってば」

「いや、できる」

珍《めずら》しく、宗介はむきになって言った。

「俺も最初は、この町になじめなくて悪戦苦闘《あくせんくとう》した。だがいまは、一応《いちおう》うまくやっているつもりだ。シロとて例外《れいがい》ではない。生きていくためならば、環境《かんきょう》の変化に適応する必要がある」

「…………」

「シロは強い奴《やつ》だ。きっとこの町にもとけ込める」

言うまでもなくばかげた話なので、『あー、はいはい』と適当《てきとう》に流すのが基本《きほん》ではあったが——なぜかかなめは、宗介の言葉を笑い飛ばすことができなかった。

彼がむきになる理由《りゆう》は、実のところ、切実《せつじつ》なものなのではないか？

そう。

確かにシロは、宗介の言う通り、彼の『戦友』なのかもしれない。無理な要求《ようきゅう》も押《お》しつけるし、命をかけて助けもする。そういうことだ。

「……でも、やっぱり飼うのは無理だよ」

かなめが言うと、宗介とシロは力なくうなだれた。

「わかった。考えてみれば、確かに俺のマンションはペット禁止《きんし》だったしな……」

「いや、そーいう問題ではなく」

「さりとて、ミャンマーの地雷原にこいつを返すのも問題だ。どうしたものか……」

宗介は憂鬱《ゆううつ》な声で言った。

「ソースケ……」

「いいのだ。いや……妙案《みょうあん》を思いついたぞ。俺のマンションなどより、シロがのびのびと暮《く》らせる場所があった。いつも面倒《めんどう》を見られるしな。今夜から、こいつをあそこで寝起《ねお》きさせよう」

なにやら、明るい声である。

「ほお……？」

「それに、世間《せけん》のこの騒ぎなら心配はいらない。カンボジア時代の元戦友のつてで、老衰《ろうすい》で死んだマレートラの死体が明朝に届《とど》く予定なのだ。死体に細工《さいく》すれば、シロが死んだこととして片づけられる」

「それを早く言いなさいよ！　もう……」

「とにかく、この場から脱出《だっしゅつ》しよう」

宗介の言葉を信じて、かなめはシロの脱出行に手を貸《か》した。それがまたいろいろ大変な騒ぎだった。ハンターや消防団の包囲網を突破《とっぱ》する荒技《あらわざ》もやってのけたが――いちおう、ことなきをえた。

『あとはもう大丈夫《だいじょうぶ》だ。面倒をかけた』と言う宗介にシロを任《まか》せて、かなめは帰宅し、ぐっすりと眠《ねむ》った。

たまたま授業のなかった一時間目。

英語科教師《きょうし》にして二年四組担任《たんにん》である神楽坂恵里《えり》は、単語テストの採点《さいてん》を終えたあと、ぶらりと北校舎の屋上《おくじょう》に出かけた。特に用事《ようじ》があったわけでもない。その屋上から望《のぞ》む景《け》色《しき》が、好きだっただけだ。

屋上への扉《とびら》には、真新《まあたら》しい『立入厳禁《たちいりげんきん》／用があるときは相良まで』の札があった。

「………？　はて……？」

妙に思いながらも、恵里は北校舎の屋上へと出ていく。扉を開けた彼女の前に立ちふさがっていたのは——

体重二五〇キロの白いトラだった。

恵里は生涯《しょうがい》最大の悲鳴をあげ、そのまま昏倒《こんとう》、その後上機嫌《じょうきげん》のシロに、全身を舐《な》め尽《つ》くされることとなった。

宗介としては、シロには理想的《りそうてき》な飼育場だと思っていたのだが——かなめにイヤと言うほど殴《なぐ》られたり蹴《け》られたりして、やはり学校の屋上は諦《あきら》めざるを得《え》なかった。

「……で？　けっきょくどこに落ち着いたわけ？」

　数日後の昼休み、事情《じじょう》の大半を知る恭子が、弁当《べんとう》をぱくつきながら尋《たず》ねた。背後では、クラスの何人かが阪神《はんしん》の猛進撃《もうしんげき》と勝利に凱歌《がいか》をあげている（ちなみに巨人ファンのかなめは、どこか不機嫌そうだった）。

「西太平洋の小さな島だ」

　しゅんとした様子《ようす》で、宗介は恭子の質問に答えた。

「野ブタの繁殖《はんしょく》に悩《なや》んでいる、とある部隊の演習場《えんしゅうじょう》でな。餌《えさ》にはこと欠《か》かんだろうが……きっとシロも寂《さび》しがることだろう。残念《ざんねん》だ」

「はあ……」

　ちなみに、その部隊の司令官《しれいかん》である大佐あてに、宗介が提出《ていしゅつ》した書類には、こりもせずに、『猫（二頭）』と記載《きさい》されていたのだったりする。

　問題の司令官は、『え、ネコちゃんですか？　かわいい～～～～～～！』などと言って、その書類にあっさりサインしてしまったのだが――

　その後、彼女はあれこれと後悔《こうかい》して、演習場の運用に七転八倒《しちてんばっとう》する羽目《はめ》になったのだった。

［おしまい］

あとがき

　この本は月刊ドラゴンマガジンに掲載《けいさい》された中篇《ちゅうへん》・短編に加筆修正《かひつしゅうせい》した作品を収録《しゅうろく》したものです。長編シリーズのストーリーを補完《ほかん》するエピソード二つと、長編シリーズにも関連する内容の学園短編エピソード一つとなります。

　ちなみにこの短編シリーズ「サイドアームズ」のタイトルは、軍事用語《ぐんじようご》で言うところの腰《こし》（横）につける武器《アーム》、つまり拳銃《けんじゅう》のことだったりします。兵隊さんが持つ武器の『メイン・アーム』はだいたいライフルなわけですが、『サイド・アーム』は拳銃ということで。どちらかというと学校が舞台《ぶたい》の短編よりも、長編シリーズの補完的な意味合いの短編ですよ～、という感覚です。

　前回のサイドアームズは、テッサが陣代《じんだい》高校に押しかけてきて温泉行ったりだとかコメディ要素《ようそ》もそれなりに強かったのですが、今回の大半はカリーニンとマデューカスのおっさんコンビが主役ということもあって、やたらと陰気《いんき》なノリになってしまいました。虎《とら》のシロちゃんの話のほかは、ギャグらしいギャグも全然なかったりしますが、その辺はあのネクラなおっさん二人のせいだということでご容赦《ようしゃ》ください！

……とはいえこれらのエピソードには、長編で描写《びょうしゃ》してるとダラダラ長くなってしまいそうな色々な話を、がっちりと盛《も》り込んであるつもりです。萌えとかそういうの、全っ然ありませんが、世界観の補完のためにもなにとぞお付き合いいただけたらと思う次第《しだい》です。

それでは、各話の解説《かいせつ》をさせていただきます。

なんか今回は本が薄《うす》めになりそうなので、あとがきでがんばって長めに参ります。

『極北《きょくほく》からの声』

カリーニンと宗介の過去《かこ》話です。

よく考えてみたらこれまで明言《めいげん》したことがなかったのですが、フルメタ世界はパラレル・ワールド的な世界観です。ところが時代を遡《さかのぼ》れば遡るほど、作品世界は現実《げんじつ》世界に近づいていく構造《こうぞう》になっております。そのためカリーニンたちおっさん世代の若いころの話をすると、どんどんリアル寄《よ》りの内容になってしまって、ついでに出てくるのは野郎《やろう》ばっかりになって、「果たしてこれって富士見ファンタジアとかの小説なんだろうか？」みたいな状態《じょうたい》になってしまってます。まあ、本来はこういう文体の方が自分個人としては書きやすいのですが。

ついでに白状《はくじょう》してしまうと、僕はグロ描写や暴力《ぼうりょく》描写を書くのが本当はあまり好きではないタイプだったりします。やっているジャンルの関係で、銃弾《じゅうだん》や爆発《ばくはつ》が人体にどういう損傷《そんしょう》を与えるのかについては、それなりに調べたことがあるのですが、それだけにあんまり写実的《しゃじつてき》な描写はしたくないなー、とか思ったり。なので、墜落《ついらく》した航空機《こうくうき》の死体のひどさについてもっと詳《くわ》しく知りたい方は、「墜落遺体《いたい》（講談社）」という本をご一読してみてください。日航機《にっこうき》墜落事故の検死《けんし》作業《さぎょう》について書かれたノンフィクションの傑作《けっさく》です。これを読むとアニメやゲームで美しく爆発する戦闘機《せんとうき》やロボットとかを、前ほど楽しく見られなくなること請《う》け合いです。

ちなみに歴史が現実世界と明らかに分岐《ぶんき》してフルメタ世界らしくなっていくのが、このエピソードの後半部になります。80年代後半以降《いこう》のアフガニスタンの歴史は、ここでカリーニンさんが言ってる通り、僕たちの知っているものとは異《こと》なっていきます。ああいう調《ちょう》子《し》でソ連が支配権《しはいけん》を握《にぎ》ったままなので、フルメタ世界にはタリバン政権《せいけん》が生まれていません。あと、勝手《かって》に殺してごめんなさい、ゴルバチョフさん&アルクスニスさん。

アフガンの状態《じょうたい》がああなったことで、その後の中東《ちゅうとう》のパワーバランスも大きく変ったことでしょう。インド・パキスタンの関係なんかも全然現実と変ってるかもしれませんね。そこから先の様々《さまざま》な国際関係の影響《えいきょう》なんかに至っては、考証《こうしょう》するのも不可能《ふかのう》な感じなので曖昧《あいまい》にしてあります。まあフルメタは別にシミュレーション小説ではないので、こんなもんでいいかな、と思っております（無責任《むせきにん》）。

設定《せってい》の関係上、重苦《おもくる》しいまま終わらざるをえないのが恐縮《きょうしゅく》なエピソードなのですが、昔からいろいろ質問されていた宗介《そうすけ》の生《お》い立《た》ちに関する疑問点《ぎもんてん》にはかなり答えているつもりです（本編とのからみでまだ伏《ふ》せてある点もいくつかあります）。

宗介は本来《ほんらい》ああいう子供だったのだろう、というのはかなり初期《しょき》の段階《だんかい》で決めていました。普通《ふつう》に日本で育ってたら、秋葉《あきば》で中古のPCパーツ買ってきて組み立てたり、ついでにファンタジア文庫なんかも買っちゃったりして帰りの電車で読んじゃうような、善良《ぜんりょう》なオタク少年になってたんだろうなー、と漠然《ばくぜん》と思ってます。前にも作中で書いたことがありますが、宗介は別に体力的には超人《ちょうじん》ではありません。校内でも彼より脚《あし》の速い生徒《せいと》はいるという設定になってます。もちろん非凡《ひぼん》な能力や資質《ししつ》はあったのでしょうが、彼をエリート兵士たらしめているのは、ある種《しゅ》のマインドセットによるところが大きいのだろうと考えてます。あとは、そうなるまでに生き残ることができた『強運』もあります。

いずれまた余裕《よゆう》があったら、宗介たちとガウルンとの最初の対決《たいけつ》についてもじっくり別エピソードとして書いてみたいと思ってます。

『〈トゥアハー・デ・ダナン〉号の誕生《たんじょう》』

マデューカスとテッサの過去話です。

ヴィクター型潜水艦《せんすいかん》や〈タービュラント〉などは、長編本編に登場するUSS〈パサデナ〉などと同様《どうよう》、実在《じつざい》する艦《かん》です。『極北～』に登場するK－244のような船が本当にああいう情報収集任務《じょうほうしゅうしゅうにんむ》をしていたかどうかは分かりませんが、冷戦《れいせん》時代は世間《せけん》に知られていない様々なドラマが海中で繰《く》り広げられていたそうです。興味《きょうみ》のある方は「潜水艦諜報戦《ちょうほうせん》（新潮社《しんちょうしゃ》）」や「敵対水域《すいいき》（文藝春秋《ぶんげいしゅんじゅう》）」などの本を読んでみることをお勧《すす》めします。マデューカスのような人物が、どういう世界で仕事をしているのかがよく分かります。

マデューカスやカール、そしてテッサは別に射撃《しゃげき》や格闘技《かくとうぎ》の達人《たつじん》でもなんでもない——派手《はで》な意味での『戦闘能力』からいったらごく平凡《へいぼん》な人たちなのですが、宗介たちでは逆立《さかだ》ちしてもかなわないような資質《ししつ》の持ち主でもあります。

マデューカスが劇中《げきちゅう》で話しているフォークランド紛争《ふんそう》での戦闘《せんとう》も半分実話《じつわ》でして、ブラウン艦長も〈コンカラー〉も実在します。ちょっと不謹慎《ふきんしん》かもしれないとは思ったのですが、こういう遊び要素《ようそ》もあっていいかなー、と。フルメタの中には、たまにそういう実在の人物が出てきます。『終わるデイ・バイ・デイ』の上巻で記述《きじゅつ》した、クルツが子供のころ親父さんの田舎《いなか》で遊びにいってたカリウス爺《じい》さんは元戦車兵《せんしゃへい》で、日本でいうところの故《こ》・坂井《さかい》三郎《さぶろう》さん（海外でも有名な戦闘機パイロット）みたいな有名人だったりします。実際《じっさい》に戦後は薬局を経営《けいえい》してらっしゃって、彼が乗っていたティーガー戦車のプラモを田《た》宮模《みやも》型《けい》さんから贈《おく》られているそうです（超《ちょう》・余《よ》談《だん》）。

ついでに話すとグァムにテッサを呼びつけて散々《さんざん》バカ騒《さわ》ぎをした不良じじいどもも、何人かにはフィクション、ノンフィクションでそれぞれモデルがいまして……って、どうでもいいうんちくはこれくらいにしましょう（汗《あせ》）。

そういえば、最近の若い読者さんの中には『冷戦時代』とか『ソビエト連邦《れんぽう》』というのをまったく知らない方が増えてきているようです。いえ、もちろんそういうのを嘆《なげ》いているわけではなくてですね？　普通に『あ、そうなんだー！　そりゃ知らないわなー』と目から鱗《うろこ》な感覚というか。

実は八〇年代のころは、冷戦が終わってソ連がなくなることなんて、だれも想像してなかったんですよ。いまでこそ国家の屋《や》台骨《たいぼね》がガッタガタだったと明らかになってるんですが、当時はそうは思われていなかったんですね。だからソ連がマッハ五で飛べる戦闘機を開発したというフィクションも抵抗《ていこう》なく受け入れられたり、ほぼ完全な無音《むおん》航行《こうこう》ができる潜水艦を開発したっていう話も普通に信じられたんだろうなー、といまにして思います。なもんだから、八〇年代以前のＳＦとかを読んだり見たりすると、二一世紀どころかもっと未来になっても、『ソ連』が普通に存続《そんぞく》しています。フルメタはあえてその世界観を採用《さいよう》することで、『この作品は別世界の話なんですよー』と断《ことわ》りを入れてるような感じを狙《ねら》ってました。連載《れんさい》が始まった九八年ごろならまだ良かったんですが、〇六年にもなってくると、もはや『ソ連』という言葉自体が風化《ふうか》しまくっていて困っているところです。中国が分裂《ぶんれつ》して内戦状態になっているという設定も、九〇年代初頭《しょとう》のころ一部では本気で懸《け》念《ねん》されていた状況でして。それもフルメタ世界が現実とは違うのだよ、というのを強調《きょうちょう》するために採用したものだったりします。

このエピソード以後についても、その後テッサが艦長に就任《しゅうにん》することになってクルーの信頼《しんらい》を勝ち得《え》ていくまでの話……なんてのも書いてみたいところですね。

『大食いのコムラード』

本来ならば通常《つうじょう》の短編集に収録されるべき内容のコミカル短編なのですが、長編の内容にも少しだけ被《かぶ》るところがあるので、こちらに収録させていただきました。長編『つづくオン・マイ・オウン（以下OMO）』にちょこっとだけ出てくる虎《とら》はこういう事情《じじょう》だったりします。連載を読んでいなかった読者の方々は、OMOを読まれた時にいささか困惑《こんわく》されたのではないかと思います。すみませんでした。

コミカル短編の文体で書いているため、前の二つと並《なら》べてみると雰囲気《ふんいき》その他でものすごいギャップがありますね……。宗介なんか、完全に短編モードのバカ状態だし。いくら重い宿命《しゅくめい》とか暗い過去とか背負《せお》われても、この調子では同情のしようがありません。まあ、それでよし！　元気いいかなめも久しぶりですしね！

長編のかなめは最近ずーんと沈んでばかりですが、いつまで薄幸《はっこう》の美少女やってる気なんでしょうね。そろそろ作者もフラストレーションたまってきてるんですけど⁉

以上です。ほかには、えー……。

最近の話とか報告《ほうこく》しましょうか。

上田宏《うえだひろし》さんによる新コミック『フルメタル・パニック！Σ』の三巻が先月出ました。ボン太くん抱《かか》えたテッサが目印《めじるし》です。相変《あいか》わらずのハイクオリティ！　DBDベースのエピソードもこの巻で一件落着《らくちゃく》！　です。しばらくは原作の好評エピソードをやっていただける予定なので、そちらは『ドラゴンエイジ』誌の連載《れんさい》を要《よう》チェックです。

それからちょっと前なんですが、フルメタTSRの特別編OVAということで、『わりとヒマな戦隊長《せんたいちょう》の一日』が出ました。テッサたんのサービスシーンも満載《まんさい》な、〈ミスリル〉の皆さんのまったりな日常《にちじょう》エピソード。大好評発売中です。

で、テッサのシャワーシーンなんかも武本監督《たけもとかんとく》と京都《きょうと》アニメさんにお願いしてばっちり！　あのハイクオリティでガンガン入れてもらったわけなんですが。

スタッフ名のテロップで僕《ぼく》の名前が、そのときのテッサのお尻《しり》にかぶってるんですよ（具体的《ぐたいてき》には本編をご覧《らん》ください）。V編っていう作業《さぎょう》でそれやるんですが、僕は作業の終《しゅう》盤《ばん》にスタジオ駆《か》けつけまして。自分の名前がテッサのお尻にかぶってるのを見て、スタッフに猛抗議《もうこうぎ》しました。

「なんだよ、これ!?　みんなハァハァしたがってるのに、ここで俺の名前がお尻にかぶったら、全国三〇〇億のテッサファンの非難《ひなん》とか憎悪《ぞうお》とかが全部俺に集中《しゅうちゅう》するじゃないか!?　もうね、『賀東《がとう》空気読め』とか怒られるの必至《ひっし》ですよ!?　もう成田空港《なりたくうこう》で生卵ですよ!?　なんとかしてくださいよ!?」

まあいまさら変えるの大変だし、時間やばいし、いろいろ技術的《ぎじゅってき》理由もあるし、即座《そくざ》に却下《きゃっか》されましたが！　これはもう、あれですな。いずれノンテロップ版のシャワーシーンを収録したDVDを出すしか！

はい、もちろん全部洒落《しゃれ》です。……というか京都アニメーション様、すばらしい作品をまたしてもありがとうございました。

アニメといえば、先日あの！　超ヒット中の『涼宮《すずみや》ハルヒの憂鬱《ゆううつ》』のアニメ版をちょっとだけ手伝わせていただきました！　具体的《ぐたいてき》には、超絶多忙《ちょうぜつたぼう》で苦しんでるスタッフの皆さんの代わりにクロイさんの遊び相手になったりご飯を作ってあげたりしてました。いえ、ウソです。ほんとは脚本《きゃくほん》です。ちなみにクロイさんは京アニさんにいる猫さんです。なんか、実は一番偉《えら》い方らしいです。

……でもって。

肝心《かんじん》のフルメタ本編なのですが、『燃えるワン・マン・フォース』の後のエピソード『つどうメイク・マイ・デイ』は現在『ドラゴンマガジン』誌で連載中です。〈ダナン〉御《ご》一行様《いっこうさま》も再登場、いよいよ佳境《かきょう》に向かって加速《かそく》開始！　という状況です。ARX—8のデザインも海老《えび》川兼武《かわかねたけ》氏と相談中です！

ちなみにどんな相談かといいますと……

賀「やっぱりね？　もし次の機会《きかい》あったらマップ兵器欲しいですよね」

海「マップ兵器ですか（汗）」

賀「空も飛べないと地上マップできついし。空Aになるようにしましょう」

海「空Aって……（滝汗）」

賀「あとは射程《しゃてい》と弾数《だんすう》ですね。移動《いどう》後攻撃の射程は6以上。攻撃力もデフォで5千は欲しいなあ。強化パーツのスロットも4つね」

海「もう帰っていいですか？（超滝汗）」

すみません、嘘《うそ》です。スパロボ最高だけど、ちゃんと切り離《はな》して考えます。っていうか、別にこの機体《きたい》がなんかに出演する予定はまだ特にありません！


と、そんなこんなで。

関係者の皆様《みなさま》、そしてなにより読者の皆様、今回もありがとうございました。

それでは、また。

二〇〇六年 六月 賀東 招二

『極北からの声』スペシャル企画
四季童子イラスト・コレクション

極北からの声（前編）

宗介とカリーニン、運命の出会い。幼い宗介の姿もさることながら、若きカリーニンに注目。後ろ髪とヒゲがありません

極北からの声（後編）

アフガンゲリラ時代の宗介。

「バダフシャンの虎」ことマジードと共に戦っていたころ。カシム、というのが彼の名前だった

＜トゥアハー・デ・ダナン＞号の誕生（前編）
＜ミスリル＞に入る前、イギリス海軍時代のマデューカス。トレードマークのキャップではなく、制帽をかぶっている
四季童子イラスト・コレクション3

四季童子イラスト・コレクション
〈トゥアハー・デ・ダナン〉号の誕生（中編）
テスタロッサ家を訪れたマデューカスの和んだ表情が印象深い。
こうしてみると、テッサは母親似であることがわかる

<トゥアハー・デ・ダナン>号の誕生（後編）

マデューカスにとって、このキャップは何物にもかえがたい品である。彼がなぜテッサの小姑役なのかも納得

四季童子イラスト・コレクション3

大食いのコムラード

カリーニン、マデューカスときて、いきなりネコミミ。犬もいますが。陣代高校と＜ミスリル＞ではキャラの表情も違う

初出

極北からの声　月刊ドラゴンマガジン2004年11、12月号

〈トゥアハー・デ・ダナン〉号の誕生　月刊ドラゴンマガジン2005年11、12月号
2006年1月号

大食いのコムラード　月刊ドラゴンマガジン2003年10月号

富士見ファンタジア文庫

フルメタル・パニック!―サイドアームズ 2 ―

極北《きょくほく》からの声《こえ》

平成18年 7 月25日　初版発行
平成19年11月30日　再版発行

著者――賀東招二《がとうしょうじ》

発行者――山下直久

発行所――富士見書房
〒102-8144
東京都千代田区富士見1-12-14
電話　営業　03(3238)8531
　　　編集　03(3238)8585
振替　00170-5-86044
印刷所――暁印刷
製本所――BBC

落丁乱丁本はおとりかえいたします
定価はカバーに明記してあります

ISBN4-8291-1842-3 C0193